U0902950

借月的柔情想你

李　睫◎著

山東文藝出版社

图书在版编目（CIP）数据

借月的柔情想你 / 李睫著 .—济南：山东文艺出版社，2017.9

ISBN 978-7-5329-5555-8

Ⅰ. ①借… Ⅱ . ①李… Ⅲ . ①故事 – 作品集 – 中国 – 当代 Ⅳ . ① I247.81

中国版本图书馆 CIP 数据核字（2017）第 163408 号

借月的柔情想你

李睫 著

主管单位 山东出版传媒股份有限公司
出版发行 山东文艺出版社
社　　址 山东省济南市英雄山路 189 号
邮　　编 250002
网　　址 www.sdwypress.com

读者服务 0531—82098776（总编室）
0531—82098775（市场营销部）
电子邮箱 sdwy@sdpress.com.cn

印　　刷 北京嘉业印刷厂
开　　本 880 毫米 ×1230 毫米 1/32
印　　张 9.5
字　　数 196 千
版　　次 2017 年 9 月第 1 版
印　　次 2017 年 9 月第 1 次印刷
书　　号 ISBN 978-7-5329-5555-8
定　　价 39.80 元

序　活成一支小夜曲

不是所有的文字都山高水长，深远厚重，气势恢宏；不是所有的人生都似金戈铁马，大江东去，万丈豪情；不是所有的生活均须关西大汉执铜琵琶、铁绰板，方能演绎。其实，凡俗的生活，很多时候，只合十八女郎，执红牙板，歌“杨柳岸，晓风残月”，这种鲜活柔曼的小资情调，如叫人辗转反侧的宋词小令，如轻音乐，如小夜曲，暖心润肺，优美抒情。

以小夜曲闻名于世的莫扎特、舒伯特、古诺、海顿等，将人生活成了小夜曲的模本。莫扎特歌剧《唐璜》里的小夜曲，是歌者在少女窗前弹着曼陀林歌唱的典型的小夜曲，缠绵婉转，悠扬悦耳。舒伯特的《听，听，云雀》，是一首晨光初现时吟唱的小夜曲，曲调清新，旋律轻盈，伴以拨弦乐器的声音，创造出优美恬静的意境。古诺为雨果诗作谱写的小夜曲，流传不衰，具有摇篮曲风味，丝丝缕缕，如青烟在晚风中飘荡。海顿的《F 大调弦乐四重奏》第二乐章《如歌的行板》，是一首典型的器乐小夜曲，将抒情、奏鸣、交响、协奏融于一体，美不胜收。

把或长或短的人生，活成小夜曲的，除了音乐家，更多的是诗人。多感的诗人常常以美丽的生活体验，弹拨生命中的小夜曲。那份美丽的体验，恰似一朵又一朵安详的花，泊于午夜中央，轻声歌唱。很多时候，生活的谜底一旦被揭开，就会简单得像一张在生活之火中，缓缓地燃为灰烬的白纸；就算再复杂一点儿，也不过像爱情，纵然千回百折，最后还是要流入暖暖的温床。

戴望舒的《雨巷》，分明就是一支哀婉迷离的小夜曲："撑着油纸伞，独自彷徨在悠长、悠长又寂寥的雨巷，我希望逢着一个丁香一样的结着愁怨的姑娘。她是有丁香一样的颜色，丁香一样的芬芳，丁香一样的忧愁，在雨中哀怨，哀怨又彷徨……"这首诗，反映了当时许多失去理想、火把和方向的年轻人的彷徨心态。它以意识流动的笔法、简约独特的意象，塑造了一位"结着愁怨"的、"丁香一样"的姑娘，这个朦胧而迷离、引人遐想无限的形象，正是戴望舒追求美好人生而不得的写照。命运多舛，在人生曲折中行走的戴望舒，用自己孤独的灵魂、敏感的心灵、不倦的思索，温暖了无数迷茫的人，也温暖了那个寒气袭人的时代，留下了朦胧含蓄的心灵震荡。

郭沫若的《静夜》，是一支令人回味无穷的小夜曲："月光淡淡，笼罩着村外的松林。白云团团，漏出了几点疏星。天河何处？远远的海雾模糊。怕会有鲛人在岸，对月流珠？"二十世纪二十年代，诗人形单影只地站在海边，对月吟哦，字里行间充溢着失望，也流露出对祖国、家乡和亲人的思念之情。通过对月光、松林、白云、疏星的描写，诗人展现出一幅幽美的“月夜晚景图”，把读者带入一个超越现实的梦幻世界，由地上到天上，由现实到鲛人传说。诗人面对苍茫宇宙，敞开胸怀，诉说郁积已久的忧愁。那淡淡的忧伤，一如漏出的疏星、朦胧的月色，令人陶醉和回味。

徐志摩的《再别康桥》，则是轻盈柔美的小夜曲绝唱：“轻轻的我走了，正如我轻轻的来；我轻轻的招手，作别西天的云彩。那河畔的金柳，是夕阳中的新娘；波光里的艳影，在我的心头荡漾……”这首诗，将自己对生活的体验化作缕缕情思，融汇在所抒写的康桥美景里，宛如一曲优雅动听的轻音乐，形象鲜明、意境深刻、音韵生动，以真心写真情，淋漓尽致地凸显出诗性之美。灵性的夕阳、金柳、柔波、青荇、清潭、虹影、木船、星辉、新娘等，虚虚实实，巧妙地演变成一幅幅优美绝伦的图景。诗行之中，音乐美、绘画美和建筑美，和着诗人的情感节拍起起落落，交融出天衣无缝的氛围，营造出荡气回肠的意境。

生而为人，各有各的活法；心灵文字，各有各的写法。有人粗犷豪放，宜于慷慨悲歌，字里行间引经据典，铺陈万千气象，读来余味无穷；有人禀赋天成，精于自然婉约，清和明畅，意致绵密，可直入内心，“状难状之景，达难达之情”，他们就这样随心随性地活着写着，一不经意，就将自己活成了精致缠绵、叫人流连回味的小夜曲。

目 录

第一辑 爱到深处，光阴散去无怨尤

我爱着，什么也不说；我爱着，只我心里知觉；
我珍惜我的秘密，我也珍惜我的痛苦。

第二辑 / 爱与不爱，都是一场刀光剑影

你若是那含泪的射手，我就是那一只，决心不再躲闪的白鸟。只等那羽箭破空而来，射入我早已碎裂的胸怀……

第三辑 爱与恨，总是阴差阳错

婚姻如人饮水冷暖自知，生活失去新鲜感，柴米油盐酱醋茶让人觉得厌憎。所有的恨与爱，其实都是一场阴差阳错。

第四辑 / 我爱着，却什么也不会说

一念起，万水千山；一念灭，沧海桑田。爱情本身就是一场阴差阳错的悬疑剧，跌宕起伏，又有章可循。

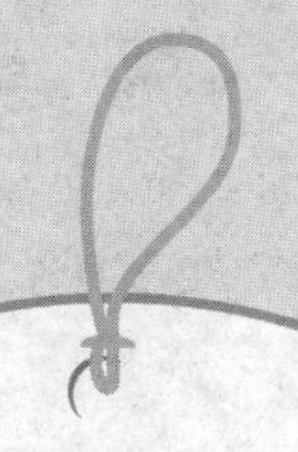

第一辑 / 爱到深处，光阴散去无怨尤

我爱着，什么也不说；
我爱着，只我心里知觉；
我珍惜我的秘密，
我也珍惜我的痛苦。

葡萄藤里光阴散

记住，只需一眼

迎新晚会上，主持人叫到桑果的时候，她窘迫地推辞，这时一个瘦高的男孩子走过来，大大咧咧地拿过另一只麦克风，说：“你不介意我们合唱吧？”

桑果终究还是没献丑，但她却记住了他的名字：林熠。

那晚，因为想念顾良，桑果躲在被窝里哭了，她掰着手指算，葡萄一年开一次花，结一次果，那么，四次花开花谢后，她就会离开这座学校，从此和顾良形影不离。没有哪个女孩子喜欢跟枯燥的葡萄藤打交道，她喜欢的是顾良。可现在，他们一个在海南，一个在西安。

她沉沉地睡去，依稀感觉到顾良的脸庞贴得很近，带着薄荷味的呼吸扑在她的嘴边，她像是坐在打翻了的浪头上，眩晕得厉害。

一场春梦，梦醒了，她羞赧不已。

日子是伴随着对顾良的思念熬过去的，桑果一直搞不懂，自己是如何稀里糊涂地坐在葡萄酒专业的教室里的。因为不喜欢，她并不像其他初进大学校园的同学那样，激动地溢于言表，她总是安静的，像一枝开在池塘深处的荷。

孤独的人是可耻的！桑果背过人，哭着骂自己。

暗恋，只是孤芳自赏

林熠总在桑果出现的地方“偶然”出现。他帮她拎热水瓶，帮她占座，或者在品尝课上，悄悄塞给她一块面包，说：“喝酒的时候吃点面包，这样就不容易醉。”

桑果疑惑地看着他：“没必要吧？”

林熠认真地说：“面包有缓解酒精的作用，看你也没酒量，不要逞能了。”

暗恋，就像开在葡萄藤最阴暗处的花，开了，但没人懂，寂寞地开着，林熠觉得自己就是一朵孤芳自赏的葡萄花。

按要求，每人面前的盥洗台上，都摆了八只高脚杯，值日的同学倒上不同品质的葡萄酒，金黄、梅红、宝石红、石榴红的液体，在玻璃杯内闪烁着莹莹光泽，他们挨个品尝，让酒在舌尖回旋，细心体验那或绵长或清冽的滋味。

戴眼镜的女讲师说：“这么好的酒不喝可惜呀，再说，你们将来要当酿酒师，没有酒量那可怎么行？”

桑果以前滴酒不沾，但这次，她没有领林熠的情，偏想醉一场。一堂课下来，她喝光了面前所有的葡萄酒。

她想顾良了，想念似一剂深入骨髓的毒药，除了酒，她找不到其他解药。

林熠跟在脚步踉跄的桑果后面，一直把她护送到寝室楼下，桑果上楼前，冒出醉醺醺的一句："咱俩不会有结果。"

那个冬天，桑果像一颗包裹严密的坚果，外壳坚硬得难以想象，所有人都说桑果漂亮，却难追。

一颗心只容一个人

实验田里的葡萄藤绽开了一抹又一抹新绿。

实践课报告上要求填写叶子形状，并据此推断葡萄种类。初长成的嫩叶怎么看都是一样的，面对各种嫩叶桑果就犯晕——叶子，叶子，叶子不都一样吗？

林熠走过来，指着葡萄藤说："卵圆形的叶子，是巨峰，而五月紫是这样的，它的叶缘向后卷。"

桑果觉得林熠就像太阳，温暖无处不在。但她却刻意躲避这种温暖，说到底还是因为顾良的存在。爱了一个人，心里就被那个人占得满满的，再也容他人不得。

张小娴不是说了嘛，在爱情里，谁先动心，谁就会落了下风。

下风就下风，她心甘情愿地爱着顾良，哪怕她的爱永远处于下风。

这个春天，桑果的世界就是顾良，而不是葡萄藤上陆续长出的叶子，更不是那些细细碎碎的小花，她像飞过葡萄园的花蝴蝶一样快乐。因为，顾良说要是桑果暑假留校实习，他就来学校看她。

这是多么振奋人心的消息啊！她心情超好，就破例答应了林熠的请客。

这在以前，是根本不可能的。林熠殷勤地请桑果赏脸吃冰激凌，他请了 N+1 次，桑果拒绝了 N 次。桑果每次看着林熠讪讪地转身，心里就有一丝莫名其妙的感觉，那感觉就像是缠在瓶口的细丝，一圈一圈，勒得她窒息。

第 N+1 次，桑果答应了，她三口两口吃完面前的哈瓦那黄昏，仰头冲林熠笑："哥们儿，爱情是讲究缘分的，而我和你，根本就无缘。"

林熠手里的冰激凌在阳光下一点一点化开，那感觉，很忧伤，很无辜。

但桑果装作没看见。

我们之间隔着一个人

顾良手机停机，QQ 头像总是暗着。桑果很伤心，找到林熠，说："请我喝酒吧？"

她想报复顾良的失踪，她需要酒精来麻木自己。

在饭馆的小包间里，桑果醉得一塌糊涂，她把自己缩在林熠的怀抱里，仰头问："你爱不爱我，爱不爱我，林熠？"说着，她踮起脚尖去吻他棱角分明的嘴唇。

林熠说的那个"爱"字淹没在一场混沌的吻里，他爱她，他希望在四年花开花落的光阴之后，能和桑果修成正果。所以他吻得很卖力，桑果却突然推开他，歪倒在地上。他把醉酒的桑果弄到附近的宾馆，守着她直到天亮。桑果终于酒醒了，看到自己躺在陌生的床上，旁边是和衣而卧的林熠，她气愤又羞恼地将他拉起来，林熠的表白却不合时宜："我喜欢你，桑果。"

"喜欢你个大头鬼！"桑果冲出房门。

三天后，顾良终于联系了桑果，说很快就到。

桑果打算穿上自己最漂亮的裙子，出现在顾良面前。可事与愿违，上体育课的时候，她昏倒在操场上——严重低血糖。

林熠和同学将她送到了医务室打点滴，迷迷糊糊中，她听到林熠急切地呼唤她的名字，她心想，为什么是林熠，而不是顾良？

顾良出现在病床前的时候，桑果刚醒过来。她伸手在自己胳膊上拧了一把，疼，真真切切。她一下子哭了，像个委屈的孩子，哭倒在顾良怀里。她擂着他的胸膛又哭又笑："你终于来了！"

林熠正提着一壶热水进来，见此情此景，尴尬地咳了一声，放下水瓶出去了。桑果将脸贴在顾良的手心里问："想我了吗？"顾良抽出手，没有回答她，却问："会酿酒了吗，未来的酿酒师？"

桑果坚持说："我不要酿什么酒，最烦那些葡萄藤了，还有名目繁多的葡萄品种，一毕业，我就去海南，永远和你在一起。"

顾良欲言又止。

两天后的早晨，桑果约顾良在图书馆前面的林荫路上散步。一个妖娆的年轻女子向他们迎面走来，不满地冲顾良喊："你怎么把我一个人扔在招待所？"女子穿了一件水蓝色长裙，裙角一漾一漾的，像碧波荡漾的海水。

顾良大方地牵起女子的手说："桑果，这是我妻子，我们结婚了，这次，其实是来西安旅游的，顺便看看你。"

桑果的心刹那碎了一地，她使劲按了按眼角，将眼泪逼回去后，甩甩头发笑了笑："恭喜你们。"

顾良携着女子走远了，桑果"哇"一声哭了出来，她没想到，自己痴心爱恋的人，在葡萄花开花又落的光阴里，却离她而去。

幸福要自己把握

酿酒课，他们摘回成筐的葡萄，桑果和林熠一组，摆放在他们面前的，一半是紫红色的巨峰，一半是绿色的白玉，老师看着垂涎欲滴的同学们，会心地一笑："大家先尽情吃自己面前的葡萄，一会儿开工了，可不许偷吃啊。"

桑果摘下一颗碧绿的白玉放进嘴里，沁透肺腑的酸，她刚要吐出来，一只手伸过来，是林熠，他递给她硕大晶莹的紫红巨峰："尝这个，甜。"

桑果接过，果然，那甜丝丝缕缕地一直渗到心里去，像一直以来，林熠身上散发出来的温情。

原汁放在密封的玻璃罐内，贴上标签，标签上写：桑果，林熠，2013-09-28。定时监测，几乎都是林熠一个人的事情，桑果乐得清闲。林熠是做事稳妥的男孩子，必定会把事情做到完美，何况，这次的酒，是他和桑果共同做的试验品，他对那罐酒，因为桑果而有着特殊的感情。

每次在走廊上遇见桑果，林熠总要详尽地报告一下："桑果，今天温度 25，比重 6.5""桑果，今天温度 23，比重 5.0""桑果，我昨天加了二氧化硫今天倒了罐"……

桑果开始很不耐烦，但后来，他们自己酿的葡萄酒从地下室被搬到了品尝课上，当醇厚优雅的酒香回荡在口腔的时候，桑果便释然了。其实，在酿造的过程里，温度和湿度是可以把握的，那么，幸福又何尝不是呢？

她想，如果林熠能向自己表白，自己是否该抿嘴一笑，答应他的请求？

可是，一想起两个人共处一室的那个夜晚，自己那些过分的举动，桑果就抓狂得想撞墙。

花未开，花已落

花开花落，四年光阴如水滑过。桑果办好离校手续后，鼓足勇气跑去找林熠，她想抓住最后的机会告诉他，其实，不知从什么时候起，她也喜欢他了，她想知道，还来不来得及。

林熠却提前走了。

走得最晚的那个男生告诉桑果，林熠前一晚梦话连篇，还叫了她的名字。他说："你不知道吗？林熠真的喜欢你，他前两天还说，他怕再次碰壁，所以他跟自己打赌，如果你来找他，他就放弃已经谈好的工作跟你走，天涯海角都行。"

桑果的心，在一刹那铺天盖地地疼起来。

一天，她隐身上了QQ，看见林熠的签名：光阴，再见。

桑果嘴角扯了扯，扯出一丝苦笑。

有涟漪在心里漾来漾去，桑果知道，是该彻底向那些藤类植物说再见了，既然已经错过，就只能祝福林熠，未来会有繁密的花朵一路盛开。

找个天使替我爱你

生于黑暗，却渴望阳光

我是一个需要戴着阔沿帽才能出门的男人。

我住在航空广场临街六楼的一间屋子里，除了购买生活必需品，基本不出门，有时候我感觉自己像个困兽一般，明明看得见外面的红花绿树，但就是被桎梏在牢笼里不能出去，我在房间里踱来踱去，于浑浑噩噩中听任晨昏交替。对了，六楼有个好处，可以通向天台，所以我在天台上砌了一个花坛，养了很多小白菊，微风拂过，白色的小花朵随风摇曳，妖娆、婉约。

我躲在窗帘后面，用一架长筒望远镜观察广场上靠左边的那个女子。她今天穿了一件浅灰色的针织开衫，衣摆上绣着大朵大朵的同色系向日葵，明媚中渗透出一股忧伤的味道。秀发偶尔被风吹乱，她会抬手去抚弄，那个动作极富女人味。

我真想像一个普通人一样，大大方方地坐在她面前的椅子上，说：给我画幅画吧，要素描的。然后，任她仔细地揣摩我，观察我，低头沉思一小会儿，开始动笔。当然，我不会忘记付费给她，画画是她的工作。

对我而言，那个场景是一种奢侈。我不能够贸然见她，她是那么美好，像个天使，天使怎么能够和我这样肮脏的男人对视呢，我嘲笑自己的痴心妄想。

我买了莫奈和迪加的书回来读，只希望有朝一日，当我和她谈起画的时候，我不是什么都不懂的傻瓜，我不想在她面前太空洞，太无知。

在喜欢的女人面前装作强大，装作无所不知，这几乎是每一个男人的天性。我承认我喜欢她。

可是，当那个优雅的男人出现在我的镜头里，当他坐在她面前，她专注地为他作画时，我还是嫉妒得心都疼了。那个男人很帅，很阳光，很平民。可是，他竟然带着一盆小白菊，和我种植的一模一样，这让我很窝火。第二天的同一时间，他再坐在她对面让她画画时，一场大雨骤然来临，男人起身离开，我套了一件雨衣，奔下楼去，在广场旁边一条狭窄的巷子里袭击了他，我没拿他的钱包，只拿走了他钱包里的证件。

他叫林默，一个笑容阳光、职业高尚的男人。

晚上，我从睡梦里惊醒。我梦见自己被无数个警察追赶，筋疲力尽地奔跑，终于无路可逃，前面是一条狭长的死胡同，我跪下，子弹呼啸着穿过我的胸膛，我倒地而死，血液黏稠而腥甜。那一瞬，我觉得自己摸到了上帝的手。

不过是一场噩梦。

梦醒之后已是清晨，我走到窗边，掀出一条缝隙看出去，那个女子已经安放好了她的画架，正在聚精会神地为一位面容慈祥的老者作画。她真美，画画的姿势也美。

天气很晴朗，一缕阳光恰好从窗帘的缝隙里射进来，刺花了我的眼睛。

我愿在黑暗中默默守护

三天后，我戴着阔沿帽出了门。我跟踪了她，并轻易找到了她的住处，那是一家古董店，她和爷爷生活在一起。

我开始在每天天未亮的时分出门，那时的她，应该刚起床吧，我戴着阔沿帽，带一小盆亲手种植的小白菊，我亲吻一下花瓣，然后轻手轻脚地将花放在她的古董店门口。一天又一天，乐此不疲。

当然，我会躲在对面的胡同口，看她出来端走花盆。她会将鼻子埋进花瓣里，深深吸一口花香，然后浅笑盈盈地左右张望，我知道，她在寻找送花给她的人。我心里很暖，虽然我从不敢与她目光交接。

你知道，这个世界，有阳光，便有黑暗，有阳光下的高尚男子，便有黑暗中我这样的异类。我就像一块生长在阴暗潮湿角落里的苔藓，不敢见光，无法示人，寂寞而痛苦，心理扭曲而表面冷酷。

我痛苦地发现，我爱上了她。这是一种甚于凌迟的痛苦，明知无望，明知那种幻象就像广场上孩童吹出的肥皂泡，光彩华丽，却在瞬间破灭。

终于，当林默起身离去后，我戴着帽子走到她面前，压抑着内心的颤抖说："请给我画幅画吧，素描。"

她天真地伸出一只手掌，我将两张钞票放在她的手心。她笑了，我也笑了，这是我在阳光下第一次笑。

三次以后，我们便熟识了。每次林默走后，我都会选择一个较为安全的时间走到她的面前，让她给我画一幅画。我喜欢她盯着我看时的样子，喜欢她抬手抚弄头发的样子。后来，她说："我现在即使不看你的脸，也能画出你的样子。"

那句话，让我的心陡然温暖。

我们开始在广场之外的地方见面，我带她到我的天台，指着花坛里的小白菊给她看，她兴奋得像个孩子一样跳起来："乔，再过十几天我就要办个人画展了，到时能否借你的花一用？"

"当然可以。"

当她带我到她的画室时，我愣了足有三分钟。她指着满屋子的油画给我看，兴奋地谈论着将要举行的画展，而我的眼睛却定格在一幅大型油画上面，画面上是一片乡间的田野，漫山遍野，开满了白色的菊，近处有条小河，一架简陋的木桥贯穿小河，整个画面美得犹如梦境。

我脱口而出："印象派的特征是，将对事物的直接触觉用原色和短小的笔触重现光影。"她愣愣地看着我，然后若有所思地笑了。

古董店。画室。六楼的天台。我和她相安无事。

我不敢牵她的手，不敢拥抱她，更不敢亲吻她，我怕自己所有出于爱情的举动都会亵渎她。我狠狠克制着自己强烈的爱慕，在一个人的深夜反复告诉自己：爱她，她就是你的神，你的灵魂必须干净。可是我的灵魂，早已无处安放。我咬着被角哭，整晚整晚。

终于在一个下着雨，提早收工的午后，苏向我讲述了她的故事。

你的心事向谁人倾诉

苏说：

"整个夏天，因为要准备画展，我留在爷爷住的村庄，每天背着画夹去河对岸。河对岸有大片美丽的白菊正在盛开。我徜徉其中，做着美丽的梦。

"对我来说，白菊就像向日葵，凡·高画向日葵，我画白菊，我就是因为凡·高而当上了画家。诚实地说，我一直在期待初恋。爷爷总摁着我的头说，苏，再不嫁就要当剩女啦。可是，没有中意的男人，我宁肯守着我的画笔、我的颜料、我的一张又一张画纸蹉跎下去。

“那天，我不小心摔下桥，画笔兜被水冲走了，那天没画成，我很郁闷。可是，乔，你知道吗，第二天，在我落水的地方重新修了一座木桥，而我的画笔兜就挂在桥头。我站在桥上，大声地冲那个躲起来的男人喊谢谢，心里无比感动。

“我期盼着再见到那个男子。我肯定自己已经爱上了他。

“回城后，我每天清晨都会收到一盆小白菊，青翠的绿叶，花瓣白，花蕊黄，在空气里荡漾着淡淡的清香。我知道，送我花的男子定是半个月前的神秘男子，只有他才知道我是多么喜欢小白菊。

“我开始在广场上替人画画，顺便寻找他。我喜欢这种生活方式。那天阳光很好，端着一盆小白菊的林默在我面前的椅子上坐下，让我画幅素描给他。

“他很帅，黝黑，笑容清浅，我拿着炭条的手不由自主地颤抖了一下，我认定林默就是我一直期待的男子。那幅画，因为惊喜，我几乎难以完成，这是从来没有过的事。爱情来临的时候，每个人都会慌张的，对不对？

“我一直在等他表白。乔，我们会是永远的朋友，对吧？”

倾尽所有，只愿你幸福

苏，我会是你永远的朋友。

那天的雨淅淅沥沥下个不停，我一路低头疾走，脑子里回想着苏的故事。距离广场还有三条街的时候，斜刺里冲出几个警察，我被捕了。用手铐铐上我的警察是林默，他笑容很清浅，不像整天与匪徒打交道的男子。

在看守所，我要求见林默。我把苏讲给我的那个故事一字不漏地讲给他听，末了，我说：“林默，苏爱上了你，希望你好好待她，就算我求你，求你爱她。”

林默被我的话弄得一头雾水：“那个画家？苏？呵呵，我只是在执行抓捕你的任务，从她安置画架的那个位置，我可以监视周围环境而不被发现，因为有她做我的掩护，我更安全。

“是的，有时我也强烈感觉到她对我的喜欢，但你弄错了，我并不是送花给她的男子，也不是为她修桥的男子。我想，她应该能够等到她真正爱的男人。”

“不可能！”我粗暴地打断了他。

“林默，我就是那个男人。一个月前，迫于公安通缉的压力，我躲到了乡下。那里有一条美丽的小河，河对岸是漫天遍野的白菊，为了洗刷灵魂的罪恶，我每天坐在白菊丛边，吸吮那些略带苦涩的清香，我渴望用那些香气除掉我身上的罪恶，我渴望赎罪，又怕失去自由。

“那天，苏去河对岸写生，过桥的时候不慎滑落，那一幕刚好被我看见。我奔到下游捞回她的画笔兜，从那天起，我爱上了她。第二天天蒙蒙亮我就动手，修了一座新的木桥，并将她的画笔兜挂在桥头。第三天，桥头出现了一幅油画，画里有绿的树，白的花，还有我亲手修的木桥。”

“你？”我明显地读到了林默眼睛里的吃惊。

然后，潮湿一点一点氤氲了他的眼眶。

我求他带我回一趟航空广场的六楼。林默在请示上级获准之后，答应了。

我拿出一直珍藏着的那幅小型油画，交给林默。苏是爱他的，除了我和他，再没有人知道这个秘密，我希望，当我的灵魂终于找到安放之处之后，能有一个笑容阳光、职业高尚的男人替我去爱苏。

这个女人，我一直渴慕，即使近在咫尺我都会刻骨思念。但现在，我却要用一生乃至下辈子去思念她了。

谁让我，曾经犯下不可饶恕的罪过！我曾经因为过失背负一条人命，我是一个整天东躲西藏的在逃通缉犯，我一直生活在阴暗的角落，阳光离我很远，很远。

林默答应了我的请求。

白菊的花语是“爱在心中”。

我对苏的爱将一直在心中，一直，一直。

被风吹乱的夏天

为艺术献身

亚妮盯着穿衣镜里的自己哭笑不得。

古铜色长袍短褂，古铜色瓜皮小帽，将她整个人捂得严严实实。凡是露出来的皮肤——脖颈、脸蛋、手……一概先涂上一层古铜色的油彩，然后再抹上一层铜粉，像是上了厚厚的一层泥子，如果一动不动，整个人跟一具刚出土的活文物没啥区别。

李书左右打量着她，嘴里发出啧啧赞叹："嗯，蛮像的，呵呵。"亚妮坐在屋角的旧木椅上，等李书化妆。显然李书给自己化妆已经熟门熟路了，不出十分钟，另一个活文物赫然站立在亚妮面前，她看着李书，扑哧一声笑了。

她许久以来第一次笑得如此开心。

李书把二尺长的铜烟斗递给她，一边锁门一边说："你别笑，咱这叫行为艺术，这是为艺术献身。"

亚妮对此嗤之以鼻。一个月来，她跟着李书每天都重复着这些事儿——化妆，出去练摊儿，收摊，睡觉。她觉得自己就像一台机器，机械地按照设定好的程序按部就班，从没觉得搞行为艺术是一件多么潮的事儿。如果当初不是连果腹都成问题，她打死也不会看上这个行当。

可是一切仿佛命中注定，身无分文时，李书收留了她。他哼哧哼哧从旧货市场买来一张钢丝床，支在逼仄的屋角，又变戏法般弄来一块粉紫色碎花的棉布，只三两下，一个隔断就做好了。从那天起，她就像一只寄居蟹，住在李书租来的屋檐下。

她不说她从哪里来，到哪里去，李书也不问。他是个好脾气的男子，应了那句话——谦谦君子温润如玉。

亚妮跟在李书身后，暮春的早晨已经暖意融融，阳光明晃晃的，有点刺眼。因为太早，巷子里游人稀稀拉拉，几家院落外却已经支起了麻将桌，桌角的茶杯冒出袅袅雾气。闲适，一直是这座城市的独有标签。

走到中途，亚妮左眼皮连跳三下，她想，今天该不会飞来横祸吧？这样想着，心里就无端漫上来一股悲催的感觉。

等的人还不来

穿过窄巷子，走进宽巷子中段，他们在一家古风古色的四合院门前停下，身后的大门，厚重、斑驳，泛着旧时光的沧桑感。李书说这扇大门做他们的背景简直就是绝配，亚妮认同他的说法。

当初就是在这里，饿得前胸贴后背的亚妮被李书的造型惊呆了，她还记得自己当时有一股冲动，想伸出手去摸一摸这尊铜雕塑到底是雕塑还是活人，后来，她坐在对面一户人家门口的石墩上，就那样一直看着李书表演，再后来，她头晕目眩，晕了过去。

那已经是一个月前的事了，想想仍觉恍惚。亚妮摇了摇头，把思绪从回忆里拉回来。

李书把手里一尺见方的木头箱子放在地上，箱子上用金粉写着几个小楷：行为艺术，拍照您请随意付钱。

日头渐高，巷子里游人渐渐多了起来，开始有游人驻足而立，还有几个金发碧眼的老外，从他们好奇的眼光里，亚妮瞥见了自己正在从事的事情的确很潮很另类。

可不是嘛，静时俨然两尊雕塑，要不是眼珠子偶尔动一下，谁也看不出这俩人是大活人，乍一看还以为是旅游胜地的雕塑呢。而动时就精彩了，一招一式都是仿古，直看得游人发呆，鼓掌叫好。现在的亚妮，早已成为李书默契的搭档。只要有游人要求拍照，两个人立马就能摆出相当合拍的POSE。

还记得第一次被人围观时，亚妮觉得太难堪了，便趁没人时对李书耳语：“咱俩又不是动物园里的大猩猩，这不是遭人笑吗？”

李书淡淡一笑：“行为艺术也是劳动，既没偷又没抢，没什么丢人现眼的。”

李书没念过大学，没正经工作，他说现在的生活离他当初的梦想很近。上高中时他就渴望考上美院，可是事与愿违，高考两天前，他生了一场很重的病，后来家里也没闲钱供他复读，所以他很珍惜现在这份工作。

“工作？分明是练摊儿好不好？”亚妮从心底里嗤笑他。

在经历了被人围观的各种羞赧之后，亚妮现在也能坦然面对了，何况她和李书搭档的效果很好，宽巷子里游人如织，是来成都旅游的游客必到之处，找他们合影的游人愈来愈多，收入自然也节节攀升。

她没告诉李书，其实她心里藏着一个梦想，为了那个梦想她必须坚持下去。她相信，只要她每天守在宽巷子里，就能等到她要找的那个人。

第一缕晚霞自天边升起时，宽巷子里的游人还没有散去，亚妮看到，一个梳着波波头的女孩子怯怯地站在不远处，黑亮的眸子里闪着复杂的光芒。

李书手忙脚乱地收拾摊子，亲热地拍了亚妮一下：“走喽，回家！”

亚妮无端觉得，李书的脚步有点踉跄。晚上，李书跑出去从夜市上买了啤酒、鸭脖、棒棒鸡，平时话不多的他喝了酒舌头就开始打结，问亚妮:“你是不是觉得……干这个很没劲?没劲你随时可以走!”

亚妮叹了口气，她要等的人什么时候才出现呢?躺在隔断后面听着李书窸窸窣窣点钱的声音，她忽然觉得夜如此漫长。真的很没劲!

相见不相识

这天和往日没什么不同，穿过窄巷子的时候，亚妮惊喜地发现拐角那株高大的梧桐更绿了，花苞已经开了一多半，有的半含羞半娉婷，甚是妖娆。掐指算算，她来到这座城市已经三个月零六天了。

一个虎头虎脑的小男孩缠着父母要和他们拍照，咔嚓咔嚓照了几张后，亚妮重新摆好姿势，这时，她的眼睛直了，紧接着，心里就有一大块东西轰然倒塌。

她的梦想，在下午三点一刻的时候，轰然现身了。

心揪得很疼。

一个穿着紫色长裙的尖下巴美女尖叫着喊住她的男友，娇里娇气地指着李书和亚妮说:“亲爱的，来合个影!”男人很听话，举着买给女人的棉花糖乖乖地走了过来，照片还没拍，先朝木箱里投了一张百元钞票，女人呵呵地笑着，拉着男人站在李书和亚妮的中间。

李书讨巧地说："先生给了那么多钱，那就多拍几张吧。"男人把相机交给一个围观的中年男人，抱了抱拳，意思是拜托了。

亚妮的喉咙口仿佛被一团东西堵住了，闷得厉害，又无从疏解。眼前这个衣着入时的男人不是林浩然是谁？

她就是为了他才千里迢迢离开故乡来到成都的，过年时，偶尔从校友嘴里得知林浩然在成都，亚妮就发了狠心，一定要找到林浩然，她要亲口听林浩然的解释，找不到他，她永不回家。随身携带的钱花光后，她陷入两难境地——离开，不甘心；留下，朝不保夕。

可林浩然显然过得很好，甚至怀拥佳人。这让她愤怒，但她不能表现出来，因为林浩然没认出她。此刻，林浩然就站在自己身边，他的衣袖还蹭上了她的古铜色小褂，甚至，他还转过头来，看着亚妮说："你的装扮简直太逼真了！"

亚妮没笑，她觉得一点都不好笑，她满脑子都是疯狂的念头——想象着自己抬起右手，抚摸林浩然英俊的脸，然后，冷不防给他个大耳刮子。

可她不能那么做，她现在是在搞行为艺术，而这艺术还与金钱直接挂钩，更何况，有那么多围观的游客呢。

强压心头怒火，亚妮手提长嘴铜茶壶，李书嘴叼细烟斗，两个人摆出了娴熟的POSE，满足了林浩然和尖下巴的拍照欲望。拍完照，没等亚妮一口闷气喘匀，尖下巴已经吊在林浩然的胳膊上咯咯笑着远去。

亚妮颓丧极了，低声对李书说：“我想收工。”李书愣了愣，拿手里二尺长的烟斗在她头上轻轻敲一下：“现在正是人多的时候，你饿了？再坚持会儿吧。”

一股无名火自亚妮胸膛里窜出来，她低声却蛮横地说：“你坚持，我撤退。”

现实如此骨感

林浩然是亚妮的落跑新郎。

现在，他是她最恨的仇人。对一个女人来说，没什么比在婚礼上遭男人抛弃更难堪的了。可林浩然这么做了。所以她恨他。

青色软底布鞋踩在干净的青石板上，悄然得像鬼魂游走一般，亚妮觉得自己被一种坏情绪附体了。她不顾身后李书在喊她，撒腿跑起来。她躲在人群里，难过地看着尖下巴整个人依在林浩然怀里，时不时把一只甜筒递到林浩然嘴边。

她难过地看着他们在美食街买麻辣串，林浩然举着大把的麻辣串，尖下巴吃完一串他就递给她一串。他们的笑声在嘈杂的人群里肆无忌惮，亚妮心里仅存的一点点光亮一点一点黯了下去。

从宽巷子走出去就是窄巷子，曲曲折折的窄巷子尽头，耸立着一幢砖红色的洋派大楼，林浩然搂着尖下巴走了进去。亚妮这时才低头看了看自己一身滑稽的装扮，颓丧地想哭出来。

去年五一那天艳阳高照，她穿一袭洁白的婚纱望穿了秋水，却没等来新郎林浩然，打电话，那边关机。他就像炎炎烈日下水泥地上的一滴水，瞬间蒸发，了无踪影。

直到夜幕低垂，亚妮还是不能接受这个令人羞耻的事实：她被林浩然耍了，他跑了！

她气愤地想拿刀子杀人，幸亏婚礼没有邀请任何人，就他们俩，在租来的六十平方米的房子里裸婚，否则真的是把祖宗八代的脸都丢尽了！

那天哭够后，亚妮把婚纱剪成了碎片，她想，一定要找到他，揪着他的领子，赏他几个响亮的耳光，简直太不是东西了，怎能拿婚姻大事当儿戏！可是现在，她终于与他狭路相逢，却自惭形秽，满心晦暗。

以前，那是属于她和林浩然的青葱年华。那时的她以极其卑微的姿态爱着林浩然。林浩然是校草，打篮球、踢足球的样子都帅得要命。而她长相平平，扔进人堆里就找不到的那种。她要命地喜欢林浩然，喜欢他穿着白 T 恤破洞仔裤痞痞的样子，喜欢他玉树临风的样子，当然，最喜欢他的傲气。

可她不敢把“喜欢”两字说出口，只能任由林浩然漫不经心的眼神从她身上飘过。那个深秋的晚自习后，林浩然把她抵在教学楼楼梯拐角，双手在墙上圈成一个三角形，蛮横地问她：“你喜欢我？”

她窘迫地点头。好似有千万只小鹿撞击着她的胸口，她看到他的嘴唇离她只有几厘米远，她目眩神离地迎接了她的初吻，那种感觉真是比蜜糖还要甜。

落榜后，她义无反顾地跟林浩然私奔到成都。林浩然天生懒散，本身没有一技之长还想找个待遇好的白领工作，于是屡屡碰壁。倒是亚妮为了俩人的生计什么脏活累活都干，饭店里端盘子洗碗，快餐店送外卖，甚至没钱交房租的时候，她还在建筑工地上卖过命。

林浩然总说会让亚妮过上好日子，可是对于好日子的念想就像一个不着边际的梦，那么远，那么空虚。

真正的日子似水一般滑了过去。

说好的一辈子呢

亚妮踉跄着脚步奔回李书的屋子。

巨大的悲伤笼罩了她的心脏，她甚至哭不出来。随手打开屋角的旧影碟机，把《霸王别姬》塞进碟机。这部电影她看过很多次，看一次，哭一次。每当夜深人静的时候，李书睡得正酣，她窝在藤椅上，昏天黑地地看碟，一边看，一边流泪，一边跟着程蝶衣痴痴地念：“说好了是一辈子，差一年，差一个月，一天，一个时辰，都不是一辈子！”

记得有一次她哭得很大声，把李书惊醒了。他起床站在她身边，一言不发地看着她，那眼神里有一种心疼，一种不解，一种恨铁不成钢的感觉。亚妮胸前左下方的地方一抽一抽地疼起来，像细瓷花瓶新裂开的细纹，是那种看不见的疼。她心疼，是因为李书说的一句话：“我爱不了你一辈子，但我活几天，就会照顾你几天！”

以前跟林浩然在一起的时候，每当她瞪着黑漆漆的眼睛问他：“你会爱我多久？”林浩然想都不想就会给出一成不变的答案：“一辈子！”然后他摸过一根烟，一边咝咝吸着一边把另外一只手滑进被子里，亚妮的身体光滑得像一尾鱼，下了高山到平川，没有林浩然不想要的。

可他一边说着一辈子，一边在一个毫无预兆的凌晨走了，走得决绝，走得冷漠，走得无影无踪。

李书收工回来，亚妮已经在看第二遍《霸王别姬》，李书小心翼翼地问她想吃什么说他去做，亚妮笑了：“我想吃伤心凉粉，双份辣椒。”李书二话不说，卸完妆，换了衣服就出去买。伤心凉粉辣得很彻底，很适合亚妮此刻的心境，吃到最后，鼻涕眼泪的。

第二天，亚妮没有像往常一样涂油彩、抹铜粉，长袍短褂和瓜皮小帽原样子挂在衣帽架上。她今天要干一件重要的事。

李书提着木头箱子，沉默地走进宽巷子。亚妮看着李书的影子在巷子深处拉得很长，心里有点疼。她转身去了窄巷子，很幸运，十一点的时候她等到了林浩然。

林浩然一身西装革履，胸前别着一朵写有新郎的大红花。亚妮一眼认出，他身上那套西装是她在百盛看过很多次的阿玛尼。当初也只是看看，并没钱买。现在，林浩然终于穿上了这套衣服，打扮起来比金城武还帅。

林浩然乍一看见亚妮，慌不择路。亚妮淡定地走过去，问他："你不是说爱我一辈子吗？"她想，即便是他负了她，她也愿意原谅他，不会再追究他当初为何扔下她跑掉，现在只要他肯回心转意，她仍然欢喜。

她想，自己真傻啊，人家都要结婚了，自己居然还梦想着一线生机。

果然，林浩然的话像一盆冷水兜头浇过来："一辈子你也信？对不起，今天是我大婚的日子，算我求你，别在这儿捣乱成吗？该干吗干吗去！"

林浩然身后是一座漂亮的四合院，园里有屋，屋中有院，院中有树，树上有天，天上有明晃晃的太阳……亚妮有点眩晕。正午十二点，一顶大红轿子停在院落门口，尖下巴美女穿着洁白的婚纱款款迈下轿子，林浩然满脸堆笑去搀她。锣鼓顿时喧天。

果然，好吃懒做的林浩然最懂得靠女人谋求富贵。她亚妮算啥？没钱没势，长得也不倾国倾城，根本不是林浩然的那盘菜！

她连恨的力气都没有了，撒腿就往宽巷子跑。跑到她和李书的老地方，五米开外，亚妮站住了。她又看到了那个梳着波波头的女孩子，女孩子梨花含泪地站在李书面前。亚妮往前走了几步，隐约听到李书说："你走吧，咱俩无缘。"

朗朗晴空下，亚妮的心突然一片空白。

只愿和你在一起

出了窄巷子，走进宽巷子，亚妮脑海里又回旋起了程蝶衣痴痴的声音："说好了是一辈子，差一年，差一个月，一天，一个时辰，都不是一辈子！"

其实，一辈子，真的不重要了，重要的是厮守在一起不离不弃。她终于想通了这一点，也终于惊觉，爱情并不是水中花镜中月，而是实实在在地在自己身边。

很多个午后，斜阳懒懒落下去，收了工的亚妮喜欢牵着李书宽厚的手，坐在老茶馆门口的藤椅上喝一杯茶，看那些半老头子唾沫飞溅地摆龙门阵，或者眉清目秀的女孩子埋头绣蜀锦，猫懒懒地盘在脚下打盹，梧桐树投下斑驳的影子，对面院落里的树上挂着一对画眉……

宽宽的窄巷子，窄窄的宽巷子，细细密密地述说着成都的旧事和如今，也述说着她的爱情。

她愿意跟李书在一起，在偶然看见李书罹患重病的诊断证明之后，即便李书用了各种方法赶她走，她也总是淡然一笑，然后淡定地往身上涂油彩，抹铜粉，穿戴谋生计的长袍短褂、瓜皮小帽。

他赶走了梳着波波头的女孩子，可是别想赶走她，她就是要赖在他身边，笑看梧桐花谢花开，走过人生最普通的一个个晨昏。

回头，我就在原地等你

我相信他在原地等我

夏南在楼下看见我的狼狈相，便拎过包跟着我上了楼，一边在厨房为我煮姜汤，一边喋喋不休地骂我：“林小北你没长脑子啊，下这么大的雨也不知道躲躲，连命都不要了？”

我没理他，沉浸在刚才的情景里无法回过神来。

一个小时前，天空一片阴霾，空气也变得异常闷热。我从报社下班准备走一站路去搭乘公交车回租住的公寓，就在抬头的一刹那，我看见一个男人从附近的光华大厦里信步走出来，他修长挺拔，目不斜视，迈进一辆黑色尼桑疾驰而去。

我就那样在乌云压顶的时候愣怔住了，两只脚仿佛栽进水泥地里，完全迈不动，直到大雨倾盆而下才警醒过来。路上的行人开始奔跑，车子甩着水花疾驰在灰蒙蒙的路面上，我惊喜交加地走在雨地里，满脑子都是简放的样子。

没错，肯定是他。这么多年，简放的身影、面庞，犹如一根倔强的藤，始终缠绕在我的梦里不曾褪去，我不可能认错人。

好几站的路程，我就那样走了回来。这样造成的直接后果是我发起了高烧。夏南的姜汤没起作用，夜里，我浑身滚烫地醒过来，眼前还是萦绕着简放的身影，挨到天亮，我拨通了夏南的电话："帮我请个假呗。"

夏南听我声音异样，连声问："是不是病了？我说你逞能呢吧？我说你为啥老跟自己过不去啊？"

我突然很烦他的唠叨，无声地挂了电话关掉手机。

一刻钟后，有人砰砰砰敲门，是夏南。他二话不说就要带我去医院，我挣扎无果，只好任他将我背起来。他的背很温暖，可是不是我想要的温度。从医院打完点滴回来，夏南买菜，熬粥，逼着我一口口吃下去，吃到一半，我突兀地抬起头说："你猜我遇到谁了？"

没等他猜，我就跟他讲起了简放。

夏南的眼神黯淡下去，他默默地帮我收拾好凌乱的屋子，在他离开前，我没心没肺地笑着说："夏南，我一定能找到简放，你说呢？"

他黑着脸扔下一句："你傻不傻啊，你以为谁都会在原地等你？"

物是人非事事休

我在光华大厦外面的广场上等了三天，终于等到了简放。我倔强地盯着他，渴望从他的眼睛里捕捉到巨大的惊喜，可是惊喜是有的，却淡淡的转瞬即逝。他愣了，有些失神，说话也不利索起来：“小北，怎么是你？你怎么会在这里？”

我站在斑驳的阳光下，眯着眼看着两米开外的他。其实我整个人全然是慌乱的，紧张得全身都在战栗，心脏就如同一只小鹿，奔跑在安静的树林里。

我们有六年没见面了，在他高二下学期转学后，我们就失散了。我寂寞地度过黑色高三，考入南方的一所大学读中文系。

实际上，他的转学跟我有关。高二那年，我十七，他十八，早恋猝不及防，下了晚自习简放在回家的路口吻我，那一幕恰好被前来接我的母亲看见。

简放举家搬离后，我才知道母亲去找过他的父母。为此我闹过，甚至以绝食相逼，母亲泪流满面地求我做个好孩子，她说：“小北你本来就不是一个离经叛道的孩子，人生处处有风景，现在你真的还小。”

我承认，那一刻，我第一次体会到了命运原来真的有一张翻云覆雨手，在它面前，爱情毫无抵抗力。

现在的我，依然是那个没有棱角、没有特点、不张扬、不洒脱的女孩子。而简放依旧魁梧，依旧英俊，只是岁月把他历练得更加沉稳，熟男气息扑面而来。一缕微风吹乱了他额前的发丝，我真想伸手去替他拂开，却发现自己除了心脏在毫无章法地跳动，四肢根本就动不了。

我在他面前，总是这么紧张，甚至想请他喝杯咖啡叙叙旧的话都说得语无伦次。他呵呵笑了，说："好，明天行不行？今晚我和女友有约。"

我的心震了一下。虽然我知道时过境迁，他可能会发生各种变化，可我还是一下子难以接受。或许他不知道，当我偶尔得知他在省城时，我是如何以飞蛾扑火的姿势，抛掉待遇优渥的工作来到他所在的城市。

岁月的车轮轰隆隆碾过去，物是人非事事休，我发现自己还是爱着他。既然他还未婚，我未嫁，那么，一切还来得及。

谁也不是我的谁

我拉着夏南去商场，不厌其烦地试各种漂亮衣服，一遍遍问夏南："我穿这件好不好看？"他摇头。

我又问："那这件呢？"他还是摇头。

我生气了，拉着他奔出商场质问他："你到底怎么了，心不在焉的？还是不是我哥们儿？"

他不说话，冷冷地瞥了我一眼转身就走。这是他第一次这么对我。可是我不在乎。我知道他很快就会笑嘻嘻地回来找我，我们还会一起喝酒，一起打电玩，一起坐在他家的沙发上看美剧。

他和我永远是哥们儿，感情上我们永远是两条平行线，不会有交集。

夏南是我来省城后认识的，他在报社已经混了好几年，是社会版的主任，而我初来乍到，面对陌生的环境，也没有朋友，甚至连住处都成问题。他得知我的境况，说刚好他所住公寓的楼上有一户人家的一居室在出租，问我要不要租，我连连点头。

夏南花了整整两天的工夫，帮我把房子简单粉刷了一遍，房子里陈设简单，除了一张床、一张书桌，就是一台旧电视机了。可是，能这么快在省城找到落脚的地方，我很满足。我对他说谢谢，他抹了把汗笑呵呵地说，客气啥，以后有用得着的地方，尽管说。

他就是这么一个率性、热心的男人。有天，他甚至光天化日之下从街心花园里偷着抱回一盆雏菊放在我的窗台上，每次过来都会细心地浇浇水，他说，雏菊开了会很漂亮。

可是，他渐渐地很烦。他会把我买的方便面全都扔掉，说吃多了不好；会在起风前打电话叮嘱我关窗子；会倒掉我正在喝的咖啡。

他说："林小北，哥们儿，你要多喝白开水，多吃水果蔬菜米饭，这些垃圾食品对你真的不好，瞧你这一脸的痘痘，可怎么嫁出去啊。”

我吐吐舌头，这都是我妈以前唠叨的话题，居然从一个男人嘴里蹦了出来，真是够滑稽。

我很烦他后来愈来愈多的唠叨。他又不是我的谁，凭什么对我的衣食起居样样都要管？我心里只有简放，没有地方可以容得下其他男人。

热情被浸入冷水里

第二天去见简放，我穿了一条纯白色的裙子，一尘不染的白。简放看我的眼神有点异样，我想，他一定会想起六年前的那个夜晚，我就是穿着这样一条纯白的棉布裙，踮起脚尖，迎接了我人生中的第一个吻。

他绅士地打开尼桑的车门，把我让进副驾。车子朝背离这座城市的方向驶去。我环视车内，副驾有手工织的毛线坐垫，粉红色的。挡风玻璃不起眼的位置贴着一张他和一个女孩的合影，脸贴着脸，笑得很烂漫。车后面堆放着很多毛绒玩具，所有的摆设都在告诉我：别动，此男有主。

是远郊的农家乐，一处幽静的处所。在包间里，简放站在窗前抽烟，烟雾缭绕。我走过去，从后面环住他的腰，将脸贴在他宽厚的背脊上。他一根一根掰开我的手指，回转身，拍拍沙发，说："来，聊聊这几年怎么过的。"

我只是想要一个狠狠的拥抱，可他居然不肯给我，我想，那就再等等吧，或许六年的时空隔阂足以让我们之间变得陌生，可是我们曾经相爱过不是吗？

他说他当初叛逆成性，拒绝跟家人在一起，流浪到这个城市，受过很多苦。他在油腻的小餐馆端过盘子，在天桥上散过传单，误入过传销窝点，逃出来后开始踏踏实实做小生意。有钱了又赌博，被债主追杀时，女友救了他，他才改头换面有了今天。他呵呵笑着点燃一支烟："你看，我的经历是不是挺跌宕传奇的？说说你自己？"

不，不，我不是来听这个的，他知道这六年我没有一天不在想着他吗，我想见他，想得发疯，那种念头似阴暗潮湿的角落陡然冒出的苔藓，疯狂滋长，无法遏制。

我想听他说，他还爱我，他还记得那些呼啸而过的青春。我站起来原地转了一圈，白色的裙摆转成一朵妖娆的花瓣，我问他："我还美吗？"

"美。"

"你还爱我吗？"

他掐掉烟，眼睛直视着我说："对不起，我不能够。我不能对不起她。”他又燃了支香烟。

就像一块烧得吱吱作响的炭火，猛然被浸入冷水，我的心突然冷得彻骨。他的手机响起来，他走到窗前去接电话，我听到他低声说：“宝贝，我爱你，我会想你。”

不知电话那边说了什么，他的眉头蹙起来，说：“我马上回来。”然后他为难地指着一桌子菜说：“小北，怎么办，她要我陪她参加一个聚会，你看……”

我仰起头笑了笑，说：“那就回吧。”坐在疾驰的车里返回，我仰着头，将眼泪逼回眼眶里。

原来在简放心里，我谁也不是。

藏在心中的爱

我打算辞职，一座没有爱的城市，不值得我留恋。我喊夏南来，做了几个菜作为对他一直以来的感谢。夏南拒绝动筷子，他说：“林小北，其实你可以留下来，你看现在工作也不好找，何苦再去别处折腾呢。”

我执意收拾东西的时候，夏南火了，他气急败坏地把我塞进箱子的衣物一件件扔出来，吼我：“不是还有我吗？天又没塌下来！林小北，你怎么跟个蠢猪一样！”

我喉咙哽了一下。

他从包里掏出一沓钞票递给我：“这是我向你收的房费，还给你，其实，这房子是我自己的，我当初瞒着你是怕你不肯住。”

我怔怔地看着他，心里有一处坚冰开始慢慢融化。

窗台上的雏菊开了，一簇簇开得旺盛，白色的花瓣，明黄的花蕊，我将脸埋在一朵雏菊的花瓣上，深深吸了口气。

夏南在我身后抒情：“我爱着，什么也不说；我爱着，只我心里知觉；我珍惜我的秘密，我也珍惜我的痛苦。对了，林小北，这是缪塞的诗，可不是我信口拈来的哈。”

我当然知道，我还上网搜过，知道雏菊的花语是隐藏在心中的爱。

这个从一开始就以哥们儿自居的男人，其实早就在用各种细节提醒我，他就是那个会一直等我的人。

一场欢情，一场凉薄

把你送给我吧

门铃响起的时候，我刚洗过澡，发梢滴着水，水珠子在脖颈间滚来滚去，有两三颗沿着锁骨滚进乳沟，自认为有种湿漉漉的性感。

拉开门，莫乔举着一束包装精美的雏菊，看见我穿着低胸睡衣，眼神不住地飘向别处。我接过蔫了吧唧的雏菊，扔到地上，不快地说："说好七点你九点来，你必须为你的不守时付出代价，那么，帮我把漏水的马桶修好呗？"

没等他拒绝，我又指着雏菊说："莫乔，你也看看你送的这花，我要的是鲜花你懂不懂？"

莫乔难为情地咳了一声，解释道："实在不好意思，你定的这个时间段，我没办法买到太新鲜的。"

说着他侧过身，从我身边挤进来，径直走进卫生间。三分钟后，他冲出来朝我叫嚷："马桶好好的啊，你耍我？"他恼怒地转身要走，却撞上我直勾勾的眼神。

这时我的一根肩带已经滑落下去，露出半只酥胸。

我想，应该没有哪个男人有足够定力拒绝送上门的艳情。再说据我目测，该男属于健康硬朗型，七情六欲应属正常范畴。

莫乔夺门欲出，我挡在门口，问他："雏菊送了三十天了，你就不腻歪？明天起不要送了，把你送给我得了。"

当我被莫乔拦腰抱起扔在绵软得不像话的床上时，我总结出一句箴言：每个男人都有贼心，而有无贼胆则完全取决于女人的暗示。

窗外，雨稀里哗啦下起来。

正值梅雨季节，空气潮湿得像发了霉，就像我发霉的心。

我愿意和你在一起

一个月前，唐可发给我的分手短信很冷漠：分手吧，我没做好结婚的准备。

如果他在我身边，我真想飙一口唾沫在他脸上，顺便问他，早干吗去了？

可我无能为力，唐可就像炎炎烈日下的一滴水落在滚烫的水泥地上，瞬间蒸发，踪影皆无。我找遍了他可能去的所有地方，常去的酒吧、lonely 主题餐厅、街角的咖啡屋……晚上，拖着筋疲力尽的双腿我来到死党苏安的家里，我告诉她："唐可不愿意和我结婚，他彻底不要我了。”

我坐在苏安的沙发上做怨妇状。我和唐可高中就认识，考进同一所大学后，顺理成章从老乡发展为恋人，毕业两年后，我俩决定裸婚。

当初唐可问我：“桑榆，我没有豪车，甚至给不了一套属于我们自己的房子，你真的愿意跟着我？你要知道，没有物质基础的婚姻是不牢靠的，贫贱夫妻百事哀……”

我用吻堵住了他的嘴，我告诉他，我愿意——跟着他住租来的房子，我愿意；挤公交去上班，我愿意；挤在逼仄的厨房里用最便宜的蔬菜做美味的饭菜，我愿意；没有钻石美酒鲜花，我都愿意。

只要能够和他在一起，就是花好月圆。

可现在，唐可居然把我甩在原地，自己大踏步地脱离了旧日轨道，朝着一个我不明了的方向逃去。

“我不知道他去了哪里，苏安；我很想他，苏安；我会是他最好的妻子，你说呢，苏安？”

苏安点点头：“当然。可能，唐可觉得只恋爱过一次就把自己交付给婚姻有点草率吧，男人心，其实也是海底针呢。别太难过，桑榆。”

苏安把她家的钥匙交给我，说她要去趟马尔代夫，让我替她照顾她阳台上的几盆名贵花草。我答应了，我想，或许苏安这里才是我可以疗伤的地方。

我要等唐可回来，只要他回来，我想我会不计前嫌地原谅他。

穿城而过的雏菊

住进苏安家里的第一晚，我百无聊赖地上网。一家名叫“打发时间的帅哥”的网店吸引了我，经营范围是“出卖时间”，就是买家拍下一天、半天、两个小时等的销售方案，然后对方以劳获酬，完成买家的要求。

我决定每天花五十元通过聊天软件和对方交易，买他一个小时，要一束雏菊，晚上七点送到。

我没有太多钱，也不自恋，我就是突然想对自己好一点，想在下班后的疲惫里，接到一束自己送给自己的鲜花。

蠢女人大抵就是我这个德行，被所爱的男人伤害后，不懂得愤怒，不懂得歇斯底里，不懂得去追去赶，却优雅地给自己送花，还每天五十元!

我真是够二了。然后我认识了网店的主人，莫乔。第一次，当他抱着一束雏菊敲开门时，我抬头，男人剑眉星目，目光里含着微笑，那笑，碎汞一般，让我想起了曾经的唐可。

我接过他手里的花束，递给他五十元……我想，当他日复一日抱着一束雏菊穿城而过，将雏菊递到我手里的时候，他挣了我的钱，或许也暗里骂我有病吧？哪个女人会孜孜不倦地送花给自己？

我请他进来坐过一小会儿，喝过一杯热咖啡。那天，原本晴朗的天气，突然下起倾盆暴雨，莫乔是以落汤鸡的姿态出现在我面前的，我心下不忍，于是请他进来吹干衣服。临走时，他拿起角柜上苏安的相框，问我:“她是？”

“我的朋友，闺蜜，她现在去马尔代夫了，房子暂时由我照看。”

莫乔“哦”了一声，眼睛里滑过一丝难以捉摸的亮光和落寞。

他不知道的是，就在六点一刻，我的落寞比他深，我的心比他疼。

我错了，一败涂地

唐可出走的第二十九天，下午六点一刻。

在苏安的电脑里，我随意点击却发现了本不该被我发现的秘密。那几张唐可和苏安的亲密合影，宛如一把把利刃，直直向我的心上刺来，将我对他的爱斩得粉碎。我捂着胸口跌落在地板上，痛得无法自抑。

他们是什么时候开始的？我无从得知。按照照片的拍摄日期来说，彼时，我和唐可正在商量结婚的事情，我已经开始采购一些便宜但温馨的小饰品，打算将那间租来的房子打扮得喜庆一点。那个周末，苏安陪着我和唐可去逛街，她甚至还以闺蜜的身份对唐可说:“你一定要对桑榆好哦，如果欺负她，我第一个不答应。”

唐可笑着搂紧了我的肩膀，那时，我的心被对婚姻的憧憬溢得满满的，丝毫没有察觉到他们之间有任何的不妥。

一个是我的热恋情郎，一个是我最好的女友，他们，怎么可能?

我宁愿相信一切全是自己的错觉，可是，电脑屏幕上的照片，却将我自以为是的错觉粉碎得片甲不留。

我摸起电话，打给苏安。

难言的静默之后，苏安承认了，她的语气里居然没有丝毫愧疚，她说："我爱唐可，见到他的第一眼，我就爱上了他。桑榆，你知道，爱情是不能勉强的。"

然后，我听见话筒里传来唐可的声音，他在喊苏安："亲爱的，到这边来……"

我摔了电话。

我不想再对唐可做任何的质问，直到此时我才明白，他在我们准备结婚的当口离开，不是因为他没做好结婚的准备，而是，他根本就不希望娶一个对他的前途没有任何辅佐之力的我。

而苏安呢，她家世显赫，父亲是商场大亨，如果唐可娶了她，转身就会与奋斗、蜗居、困窘告别，事业也会以最快的速度达到他一直想要的层次。

我为自己感到深深的悲哀。我爱唐可，爱了他整整六年，那时，我们都还年轻，不懂得人生。我们一定要哭着闹着，把自己的所有，都全部奉献给我们以为的爱；带着必须经历的磨炼，才能到达我们各自的爱情天堂、婚姻天堂。

我曾那么相信他，他所承诺的现世安稳就像一株开满了洁白栀子花的树，牢牢地植根在我的心里，只是想想，就有大片的芬芳跌宕起伏。

可我错了，错得一败涂地。

唐可，就像一根柔软的刺，植入我的心脏，让我难以拔掉，拔掉，必定鲜血淋漓。

充满狗血的剧情

拍下莫乔的第三十天，他迟到了，那束不新鲜的雏菊让我陡然想放纵一回自己。我只想要一场 one-night stand。

激情跌宕的时刻，我问莫乔："你爱我吗？"

莫乔一边在我身上骁勇作战，一边回答我："爱。"

我扑哧笑了，心里疼得更厉害了。我不是小女孩了，经历了唐可的背叛，我更加相信男人说爱的时候，就是说谎。

毋庸置疑，莫乔的回答虽然情感上让我得到了满足，可是理论上，他是错误的，玩一夜情的男女之间哪有资格对爱情品头论足？

可是接下来，我被莫乔吓到了。那时，我们刚刚结束了一场男欢女爱，他燃了一支烟，在青色的烟雾缭绕中，他开口道："你知道吗桑榆，苏安其实是我的女友，几个月前她突然与我中断了所有联系，说她需要一场天雷地火的爱情，而我给她的不是。"

我惊诧极了。

在莫乔的述说中，我终于明白，他之所以开了那家网店，就是幻想着有朝一日，能够与苏安偶遇，他忘不了她。

这世道真的充满了狗血。我缠上莫乔的身子，突然想恶作剧一把，我对他说："我想要很多很多钱，想要很多很多爱，想和你厮守，一粥一饭，美不胜收。你有十万吗？如果你能给我十万，我嫁给你。不急，你可以想好再回答我。"

莫乔离开时，吻了我的额头，紧紧拥抱了我。我甚至以为，只要他真的能拿来十万，就说明他是爱我的，当然，钱我不会要，我只是想试试他。

都说试女人可以用金钱，试男人可以用女人，我偏要反着来。

从那天起，我不再订雏菊了，我决定告别过去的自己。

直到我想联系莫乔的时候才发现，我没有他的电话，而他的网店，也在几天前就已关闭。

他不爱我，就像我从来没有爱过他一样。一场欢情一场凉薄，从肉欲的梦魇里醒来，我依然惦念当初那纯白如一张纸的唐可。

雏菊的花语

我将钥匙留在苏安的家里，然后果断地拉上门离开。

一个月后，满脸愧疚的唐可和一脸平静的我站在人潮人海中。他一个人从马尔代夫回来，而苏安，又有了新的男友。

他说：“对不起，桑榆，我还爱你，你能原谅我吗？我们从头再来。”

我笑了，笑得肆无忌惮，笑得眼泪都流了下来。这个男人，居然还在说对不起。他不知道，这个世界上最残忍的一句话，不是对不起，也不是我恨你，而是，我们再也回不去。

雏菊的花语是隐藏在心中的爱。

就像缪塞的诗里写的：我爱着，什么也不说；我爱着，只我心里知觉；我珍惜我的秘密，我也珍惜我的痛苦。

我想，我还是爱他的吧，可惜这样的爱，我想永久封藏，独自品尝。

时光那么凉

槐花散落的童年

那时，老槐树的枝丫上，正冒出一簇一簇的新绿，佳怡和几个女孩子在树下叽叽喳喳地跳橡皮筋，跳得最来劲时，一辆吉普车“嘎”一声停在了她面前。

是隔壁的楚叔叔，他在省城工作，听说做了大官，他的身后，跟着怯怯的楚晓天。楚叔叔下午就开车回了省城，楚晓天从此和奶奶住。佳怡她们再跳橡皮筋时，楚晓天就会坐在老槐树下的石凳上远远看过来，很孤单的样子。

夏季总是多雨，弄堂里的雨水会潺潺地流成一条小河，佳怡和楚晓天头顶着头，趴在石凳上折出一只又一只白纸船，冒着噼里啪啦的雨点放在水里，看它们排着队，悠悠荡远，荡出弄堂。

楚晓天给纸船标上记号，当放走最后一只标号“195”的纸船之后，他们的年龄已经不再适宜叠纸船。

和所有懵懂的少男少女一样，佳怡和楚晓天渐渐疏离。不过，她还是会在做作业的间隙，支起耳朵聆听隔壁的动静。有时，奶奶会喊楚晓天吃饭，当听到他青春期变得粗重的嗓音嗡嗡地回一声“来了”，就有一朵小小的花儿在她心底绽开了。

又是一年春天，佳怡走到弄堂口的时候，会在大槐树下站一小会儿，歪着脑袋回忆童年的那些美好，回忆起有一次，楚晓天不住嘴地喊她“胖妞，胖妞”，她嗔怒着去追赶他，他三两下就爬上了树，在挂满槐花的枝丫间冲她嘎嘎笑。

那一年的槐花香散落在她整个的童年光阴。

眼前又是槐花飘香时，佳怡惊觉，楚晓天已经是一个翩翩少年，T 恤、牛仔裤，说话斯文，很标准的优等生。她亦知晓，每次晚自习后，楚晓天都会默默地跟在她后面，保持十几米的距离，她进门后，他才进门。从学校到家要穿过好几条弄堂，黑灯瞎火的，有了楚晓天，佳怡不害怕。

表面上，还是疏离着，像少男少女习惯的姿势。

永不磨灭的伤

出事那天正值四月，满弄堂飘荡着槐花的清香。

下了晚自习，读高三的佳怡没等来楚晓天，只好硬着头皮一个人钻进黑暗的弄堂，走着走着，路上就剩下了她一个人。那个黑影用一块布塞住了她的嘴巴，她想喊救命却徒劳，她手脚并用拼死抵抗，直到最后昏厥过去，当钻心的疼痛从身体里袭来时，她的心碎成了千万块冰碴。

那晚，成了她一生迈不过去的坎。

她踉跄着回到家，母亲看见她被撕烂的衣服和她恍惚不定的表情，正追问时，隔壁奶奶来借退烧药，说是楚晓天发烧了。

她“哇”一声哭了出来，母亲闻听她被凌辱的噩耗，当即昏了过去。

睡了三天，再去学校时，谣言已经像风暴一样席卷了整个校园，她走在街上，随处有人在背后指点着，有人不屑，更多的是同情。

她没法不去学校，也不能轻生，失去她，父母会疯掉。她将心底的伤口用力缝起来，像个机器人一样扑到漫天飞舞的书山题海里，想着考上大学，离开这里，永远离开。

直到那天，她被早已退学的阿东截住，他叼着烟卷，流里流气地说：“薛佳怡，你还傲气不，老子就看不惯你傲气的劲儿，那晚的感觉还好吧？”

阿东曾向她求过爱，被她冷冷拒绝了，她忽然明白他就是那个十恶不赦的坏蛋。

晕黄的街灯下，她的心底脆生生裂开了一个幽深的洞，汩汩地朝外冒着仇恨，冒着洗不清的屈辱。她真想扑上去杀了那个痞子。

一愣神，斜刺里窜出一个矫健的身影，是楚晓天，他一拳挥上去，砸在阿东鼻梁上。那么瘦削的他，和身强力壮的阿东在地上翻滚着，他死死地掐住阿东的脖子，像要往死里掐他，还是学校的保安冲了出来，才制止了他。

她和他一起走在弄堂里，他低声地说："对不起，那晚要不是我发烧，你就不会出事。"

佳怡压抑了好久的眼泪顷刻决堤而下，他轻轻揽住她，伸出满是血污的手帮她拭去眼泪。走到老槐树下，楚晓天冷不防拥抱了她，很用力，很用力，他带着薄荷味的气息浅浅喷在她的耳畔，清风一般迷人。他在黑夜里捕捉到她凉凉的唇，覆盖上来，吻了她。

她真想沉醉在那个美好的初吻里，不醒，永远不。

他的眼睛在黑暗里灼灼地盯牢她："我们考同一所大学。一定。"

他伸出右手小指，勾了她的。

心呢？丢了

楚晓天考上了北京的大学，佳怡却出乎所有人的意料落榜了。

她是故意的，只有她自己知道。

日子乾坤倒置，佳怡每日里像失了魂，拿起空水壶往杯子里倒水，一碗饭吃了一个小时还未动几口，黄昏时，会独自傻傻地站在老槐树下面，良久，默默回家翻身就睡。

她想哭，但面对隔壁奶奶的问询，却淡然笑了，她问："晓天快要走了吧？"

她知道的，所有的一切，都是因为他要走了。她和他小学形影不离，中学若即若离，他们隔着一堵墙，相处了九年的光阴，如今，光阴却似一只巨大的手，说翻过去就翻过去了，他要去北京，一个没有她的城市。

瓢泼大雨说下就下，她呆呆地站在门厅里看弄堂里雨水愈来愈密集，后来，积水蜿蜒汇聚成了一条小河。正在出神，楚晓天趟着雨水走过来，他变戏法一样，手指翻舞着，折出了几只漂亮的乌篷船。他冒着雨跑到弄堂中间，将三只乌篷船放在水面上，当他从兜里掏最后一只的时候，佳怡失声喊道："不要！"

楚晓天抬头，她看见了聚在他眼眶里的泪花，心狠狠地一疼。

她像小孩子一样讨了那只纸船，很隆重地将它藏进自己的百宝箱。

佳怡没再复读，每日里扛着父母的忧伤和叹息，去一家纸箱厂打工。后来，认识了和她在同一车间的男子，男子生性木讷，却待人实诚，他结结巴巴向她表白，说要给她一场坚实的婚姻时，她再一次逃了，离开了纸箱厂，连半个月的工资都没拿，决然踏上了去省城的长途汽车。

她爱不起，他那么淳厚，理应拥有一个洁净的婚姻。她在颠簸的长途汽车上迎风流泪，控诉命运的不公，为什么要让她如此低贱？

失了心的她，辗转打工，各种各样的，送外卖，端盘子，或者替人发传单。只有每时每刻地忙碌着，才能打压住一些蓬勃疯长的念头。

自以为是的爱情

熙熙攘攘的东大街，她站在七月流火下，一张一张地往行人手里塞手机卖场的传单，抬眼之间，那么巧，看见了楚晓天。他依然瘦削，却更成熟了，眉宇间依稀可见一丝忧郁。

他抢过她手里剩余的传单，和她一起站在人潮中。散完传单，他固执地请她吃哈根达斯，当她吃着他为她点的红粉佳人时，那甜美的滋味让她哽咽。她怎能不知道，自己一直固执地留在省城，就是因为楚晓天家在省城，她祈盼着，又害怕着有朝一日忽然与他相逢。

吃完冰激凌，楚晓天握着她的手说：“我一直在等你，请你再等我一年，容我毕业，就一年。”

他把他的手机号码抄在一张便签上给她，分开后，她转身就撕碎了那张纸，她不想给自己留一点点关于楚晓天的念想，她那么脏，根本不能与他的美好匹配，他是她的爱，但她却要忍痛割爱。

隔了两天，她还在东大街散传单，她知道楚晓天去北京前一定会来找她。

他果然来了。

她微笑着把身边流里流气的男子介绍给他，轻声说："我男朋友。"她将头幸福地靠在男子肩膀，男子偏过头在她脸上亲了一口。那一刻，她清晰捕捉到了楚晓天眼睛里的伤感、愤怒。

直到他消失在茫茫人海中，她才醒过神来，掏出五十元给了临时拉来做男朋友的男子。

街上人来人往，佳怡慢慢蹲下身去，捂住胸口哭了，心里有疼痛一下一下地鞭打过来。

终究还是错过

几年后，佳怡在饭店做服务员，那天艳阳高照，有一对新人在饭店结婚。快正午时，新郎新娘从花车上款款走下，站在门口迎宾，正在桌椅间忙着摆放茶点的佳怡，无意间朝新人看了一眼，心脏突然就停止了跳动。

是一种濒临死亡的感觉。

楚晓天和新娘当真是一对璧人，新娘有点胖，身材颇像自己。佳怡内心低呼一声，急忙向领班请了病假。回到出租屋，悲伤便铺天盖地，她想，到底是谁把谁弄丢了？

哭完，她拿起枕边的百宝箱，颤抖着打开，里面全是小时候的旧物件，楚晓天给的玻璃弹珠，楚晓天自制的弹弓，楚晓天给的一个粉红发卡，当然，还有十九岁那年，楚晓天给她叠的最后一只白纸船。她哭着，顺着纸船折叠的痕迹一一拆开，几个苍劲的钢笔字跃然纸上：胖妞，我喜欢你，199。

她的眼泪飞溅着，落在那几个淡蓝的字上，这是他折的第 199 只纸船，粗心如她，一再忽略了他每一次在纸船上偷偷写的字。

窗外月华如练，她抱着膝，依稀记起少年楚晓天明眸皓齿瘦弱的样子；记起他揽她入怀，用血污的手为她擦拭眼泪；记起他在开满洁白槐花的枝丫上嘎嘎地朝她笑。可是，时光的巨手翻弄浅浅离人影，佳怡知道，自己终究是回不去了。

时光那么凉，她终究错过了他。

布鲁斯中的爱情音符

重逢

流火七月，小米带游客来浮桥游玩。

浮桥由几十艘废旧的大轮船缀在一起而成，浩浩荡荡横跨黄河。站在浮桥上，放眼南北，黄河水波涛汹涌，煞是壮观。

一艘气垫船急速驶来，激起了一片清冽水花。小米朝开气垫船的师傅脆生生地喊："你好！"男人抬头的瞬间，两个人同时怔住。

罗昊抬手揉了揉眼睛，眼前，小米穿一身白色运动短裙，头戴白色遮阳帽，犹如一朵开得刚刚好的荷，惊艳、脱俗。

小米也没想到她做导游第一次回故乡，就遇到了罗昊。

罗昊载上他们向南开去。呼呼风声里，小米趴在罗昊耳边喊："你怎么干这个了？"罗昊聚精会神地掌着舵，大声回答："我喜欢浮桥！"

二十分钟的漂流，沿途美景如画，远处袅袅青烟裹山，近处黄河水低声呜咽，游客们大呼小叫地感叹着大自然的鬼斧神工，小米却无暇观景。

她承认，这么多年，她对他的喜欢从未更改，只是，她真的一直都以为，他早已不属于这个地方。

正午的阳光明晃晃的刺眼，漂流结束后小米踏上浮桥，趴在锈迹斑斑的栏杆上，看着罗昊起航，驾船驶向远处，愈来愈远，融入远处的黛色青山深处。

临别前，她试探着吐出一句："我想留下来。"罗昊的眼睛里闪过一抹亮光，却转瞬即逝，坚决制止她："胡说，这个破地方不是你待的。"

曾经

几天后，小米趁休假返回浮桥。她去了罗昊家里，赵姨拉着小米的手，眼睛笑成了两条线。她迟疑地问赵姨："罗昊结婚了吗？"

赵姨叹了口气："没。哪家姑娘他也瞧不上。"小米这才知道，自己去省城的那年夏天，罗昊患了一场急病导致没能参加高考。

很多年前，小米剪一头短碎发，像个假小子。她小罗昊两岁，每当罗昊带领着一帮男孩子下塘摸鱼，上树摘野果子，去浅水湾游泳，小米总是死乞白赖地要跟，罗昊总是恶狠狠地呵斥她："丫头，再跟我把你扔到水里喂鱼！"

喂鱼，小米才不怕呢，她就是要处处跟着他。女孩子早熟，小米心里悄悄埋下一颗花种，她希望有朝一日，那颗种子破土、发芽、长出嫩绿的叶子，枝繁叶茂，开一树叫作爱情的花。后来才知，那是奢想。

时光在成长的季节里一晃而过。

高一下学期，小米听说罗昊跟他班上一个女孩子好了，为了求证，她跟踪他。那天，小米看见罗昊牵着那个叫美澜的女孩的手，美澜咯咯的笑声银铃般，刺痛了她的耳膜。

她的心一沉，再一沉。

父亲决定举家迁往省城的消息令小米振奋而忧伤，临走前夜，月亮隐在云层里露出半张脸，院落墙角的蛐蛐此起彼伏地叫着。隔墙飘过来一阵悦耳的口琴声，她听着听着就流泪了。

她鼓了很大的勇气，抄了一句古诗词去请教罗昊，她指着那七个字问他："'只缘感君一回顾'的下一句是什么？"看着灯下罗昊逸秀的脸庞，她心跳如鼓。

罗昊挠了挠头："不知道呢。"

她鼻翼酸楚了一下，却笑着掏出一把崭新的布鲁斯口琴递给他："我明天就要去省城了，这个送给你。"

说完，放下布鲁斯口琴，她飞速转身跑回家。那天她失眠整晚，胸腔里充斥了一大把的忧伤、落寞、遗憾，各种感觉夹杂在一起，让她难过得想哭却哭不出来。

心思

小米隔三岔五地去浮桥引起了老妈的猜疑。问她，她撒了谎：“工作呗，最近去浮桥的游客多。”

老妈嘀咕道：“多和佑安在一起，别把婚事搅黄了，到头来把自己折腾成剩女。”小米最烦老妈总提覃佑安，索性用沉默表示抗议。

这天，罗昊驾船载游客去漂流，小米脱掉鞋，光脚跑到沙滩上，踩在湿沙地上等罗昊。手机响起，是覃佑安，小米使劲摁了关机键，那个人，她终究不喜欢。

罗昊收工已是傍晚，彩霞烧红了半边天，他掏出口琴，对着一片苍茫的黄河水呜呜咽咽地吹了起来。小米看见，他手里的口琴正是当年自己送他的布鲁斯口琴，只是曲子里隐藏着层层叠叠的悲伤。

一曲结束，小米讲了个故事：“两个人在海边玩，海浪来了，卷走了一个人，那个人叫小米，没被卷走的叫什么？”

罗昊哈哈大笑：“太弱智的问题，当然叫罗昊喽，最后他也被卷走了。”

“不对，好好想想。再讲一个，有两个人在井边玩，一个掉进井里，掉进去的那个人叫小米，没掉进去的叫什么？”

罗昊又笑：“当然还叫罗昊，最后他自己也跳了进去。”笑完了，看着一脸意味深长的小米，罗昊才惊觉，他无意中泄露了自己对小米的感情，他的回答暴露出他内心最真实的想法：他愿意与小米一起掉进井里，或者与小米一起被海浪卷走。

他何尝不懂小米的心思？这些天，她不管接没接旅游团，总是隔几天回一趟浮桥，他的心，就像一只细瓷的花瓶，突然裂开细小裂纹，有种绵绵密密的疼痛，又似乎有一根无形的细铁丝缠绕在脖颈，让他呼吸困难。

绝情

罗昊仰躺在船舱里百无聊赖地等游客，肩膀突然被人拍了一下。是美澜，风情万种的美澜语气里满是不屑："你干什么不好要当个船夫？"美澜的手臂挎在一个陌生男人的臂弯里，她向他介绍："我男朋友，海归博士。"

美澜拉男友上了船，罗昊犹豫了几秒钟，眼前电光石火地浮现出过去的碎片，回忆里，他和美澜牵着手走在放学的路上，当然，他记得最清楚的，是小米看见他和美澜时，那幽怨而愤慨的眼神。

美澜当年说过，她要和他考同样的大学，因为她喜欢他，他们的爱情应该在更为广阔的天地里继续，但，罗昊没有回答。

事实却是，他连走进考场的机会都没有。那场病，让他的梦想变成了五彩斑斓的肥皂泡，虚幻而不真实。

罗昊一言不发地起锚，驾船漂进黄河深处。返程中，美澜和男友在船头嬉戏，气垫船猛然一个趔趄，海归男“扑通”掉进了水里，不识水性的海归男手忙脚乱地在水里扑腾呼救，美澜声嘶力竭地冲罗昊喊：“快救他，快呀！”罗昊二话没说跳进水里救人，海归男获救，罗昊却碰到水下的岩石受伤了。

伤好后的罗昊落下小残疾，左腿稍微有一点跛。能上班的时候才恍悟，很久没见到小米了。

两个月后，小米兴冲冲地赶到浮桥，彼时，管理处领导考虑到他的腿行走不方便，安排他在售票处负责售票。

小米钻进售票的小屋，罗昊正对着口琴发愣。她眼神炽烈地看着他：“我又和男友吹了，我嫁不出去了，要不，我还是嫁给你吧？”罗昊漠然地看着她，那眼神，纠结得厉害。

他礼貌地对她说：“我要结婚了，对方是个小学教师，婚期已经定了下来。”

他说的是实话，那个女人不漂亮，脸上有雀斑，重要的是，她不嫌弃他的腿。媒人来家里说媒时，赵姨还没点头，罗昊就一口答应。

小米的心，硬生生地洞开了一道口子，她早就知道，从很小，他就一直游离在她的世界之外，他从没给过她想要的爱，命里注定，她埋藏了很多年的花种，发了芽，却未及枝繁叶茂，已然枯萎败落。

小米踉跄着离开，头都没回。

割舍

罗昊遥望着小米的背影，悲伤轰鸣，她可知道，他一直一直，把对她的喜欢强压在心底?

小米一家离开前，小米的妈妈曾经找过他。她告诉罗昊，他们要搬到省城去了，如果他真对小米好，就应该让她断了对他的心思。

罗昊明白。

直到那时，他才惊觉他已经喜欢了小米那么久，小时候他喜欢她当自己的跟屁虫，少年时他喜欢看她明亮的笑容，后来，他喜欢她来找他帮忙解那些枯燥的数学难题……

但，他必须远离她。他故意让小米发现他和美澜手牵手走路，虽然他并不喜欢美澜；他故意让她生气……他只想让她走得果断些。

小米在浮桥出现的那天，他是惊喜的，但惊喜很快被理智替代，他能给她什么？让她陪自己待在这个他做梦都想逃离的地方？那对她不公平。

受伤后，他再次警醒，他不能自私到用自己的残缺去拼装小米完美的生活，他愿意忍痛割舍，因为放手才是对爱最盛大的成全。

他想起小米当年离开浮桥时问过他：“‘只缘感君一回顾’的下一句是什么？”其实，他知道，答案是：“使我思君朝与暮。”

他又想起那天在岸边，小米问他：“两个人在海边玩，海浪来了，卷走了一个人，那个人叫小米，没被卷走的叫什么？”

他想，应该是叫“救命”，而不是叫罗昊。

她又问：“两个人在井边玩，一个掉进井里，掉进去的那个人叫小米，没掉进去的叫什么？”

他想，还是应该叫“救命”，而不是叫罗昊。

他在心里告诉小米：“傻丫头，没被卷走的，没掉进井里的，都叫‘救命’。”

让她有明亮的恋情、美好的生活，是他唯一能为她做的。他离开她，就是救了她。

外面阳光炙烤着大地，远处摇摇晃晃的浮桥横跨黄河水面，只是，桥面上，再没有那个穿着白色运动短裙、头戴白色遮阳帽的女孩子巧笑嫣然。

他默默地掏出布鲁斯口琴，却吹不出一支完整的曲子。

两只素猫的恋爱初体验

素猫相亲记

左小米相亲的第一天就把自己雷得外焦里嫩。

透过咖啡馆的落地玻璃窗，左小米看见一溜三个座位上分别坐着一个男人，人手一本《三联生活周刊》。她原本想错开时间跟这仨男士每人约会 10 分钟，没想到堵车堵得全扎堆了，这可如何是好？急忙给林翰翰打求助电话，那边说火速赶到。

在林翰翰眼里，左小米是只不可理喻的素猫，你见过不沾荤腥的猫吗？左小米就是。

不过，左小米认为林翰翰更是只资深男素猫，三十而立的人了，居然对男女之事也爱答不理的。

说来悲催，既漂亮又有品的她当初是懒得结婚，后来闺蜜们相继被招安，才有了被剩下的恐慌感。可女人有个通病，过了三十还没嫁，心里就会发毛。最近，左小米就时常心里发毛，老妈在电话里威胁她再不带男友，就不要回家。所以虽然嘴上仍旧硬着，但行动上开始积极起来，居然参加了网络相亲。

林翰翰半天不来，实在没辙，左小米钻进自己的半旧奇瑞QQ，再出来时，宛然一个孕妇，双手扶腰，滚圆的肚子还蛮像回事儿。

仨男人的视线齐刷刷聚焦在左小米肚子上，戴眼镜的哥们儿拧着脖子喊：“你都怀孕了还相什么亲啊，这不坑爹吗？”引来无数侧目。

“哪条法律规定了怀孕就不能相亲？”左小米的伶牙俐齿令眼镜男落荒而逃。

第二位的样子，颇有被天上掉下的馅饼砸到的感觉：“嫁给我吧？”左小米吓坏了，难道这哥们儿是搞社会救助的？正想着，一旁沉默的第三位已经悄悄溜走。

男人啜口咖啡，“实不相瞒，我不育，你看，你嫁给我我得省多少事啊？”左小米一口咖啡噗地喷出来，她将手伸进宽大的长T恤里，拿出一靠垫，不育男看得眼睛都直了，愤愤然：“你这不坑爹吗？”

左小米差点笑抽，两个相亲对象都对她用了“坑爹”两字，这说明她真是不受人待见啊。出门把刚才的场景描绘给匆匆赶来的林翰翰，林翰翰回她三个字：“深井冰。”

生日，不快乐

三十岁生日那天，左小米约林翰翰一起喝酒庆生。林翰翰之前曾问过她想要什么生日礼物，左小米想了半天，说：“你在网上把我选的一件裙子给付了吧？不贵，才398。谁让你是我哥们儿呢？”林翰翰欣然领命。

晚上俩人喝得正酣，左小米一抬头，就愣怔了。嘈杂的人堆里，那个穿着考究的潮男不是徐良吗？一口浊气顿时从胸口升腾起来，世界真小啊，她曾以为这辈子都不会与他再见面，没承想还是见了。

“撤！”左小米拽着林翰翰就要走，转身被徐良堵住去路，徐良深情地注视着左小米，仿佛旁边的人和物都变成了布景一一后退，“你，还好吗？”徐良喷着酒气，左小米捂着鼻子后退三步。

“还健在。”左小米看向左前方，强忍着就要滚落的泪水。这个男人，曾信誓旦旦地发誓，这辈子非她不娶，可是发过誓没几天就毕业，就玩失踪。左小米承认，自己患“恐婚症”，很大程度上归结于自己的心结，徐良把自己的心伤透了，她再也不敢对男人抱有奢想。

左小米跑得太快崴了脚脖子，一瘸一拐地拉着林翰翰跑到红心广场，停下后气喘吁吁地冲林翰翰说：“哥们儿，你好歹也把我送回家背上楼啊，别见死不救。”

林翰翰不知自己造了什么孽，遇见这个做事不靠谱的左小米。他们虽然是校友，但若没进同一家公司，谁认识谁啊？

没办法，认栽吧。林翰翰伸手拦车。

坐进计程车，左小米疼得眼泪滚下来，林翰翰伸手替她擦去眼泪，左小米扑哧一声笑了，冲计程车司机说：“师傅，你看我和男朋友有夫妻相吗？只要我调查到的一百个人里一多半回答有，我就嫁他了。”

司机师傅从反光镜里看了他俩一眼，笑呵呵地说：“蛮有夫妻相的，嘿嘿。”

左小米冲林翰翰调皮地吐了下舌头。林翰翰心里却敲起边鼓，这妞啥时又杜撰出调查夫妻相这一出？

林翰翰背着左小米拾级而上，左小米温热的身体贴在他后背上，轻微的鼻息软软地扑在他的脖颈，令他浑身都在微微颤抖。

左小米看着眼前这个男人低头替自己抹药，本想说感谢，出口却变成了：“哥们儿，我要是嫁不出去可怎么办？”

林翰翰落荒而逃。

梦想已涨价

徐良开始采取烂俗的鲜花攻势。不知他从哪儿搞到了左小米的公司地址，反正，公司所有同事都对“齐天大剩”左小米刮目相看。可左小米拿到花，眉头不皱一下就扔进了垃圾筐。

有人替徐良不值，左小米去洗手间，听到女同事正在八卦自己："左小米该不是有病吧？高富帅都看不上？"左小米冷不丁冒出来，吓得那俩同事同时噤声。她拍拍 Amlie 的肩膀："那哥们儿有钱，可我对他不来电啊，姐们儿要是不嫌弃就去搞定他，也算替我解围。"

没几天，公司里就疯传左小米真是有病的传说。你想，一个三十岁的剩女，居然对送上门的帅哥都不感冒，这不正常嘛。

徐良终于沉不住气，在大厦外面拦住左小米："小米，我想和你谈谈。"

"谈什么？"左小米嚼着口香糖，很二的样子。

"你看，你单身，我未娶，我们在一起吧？"徐良背后的黑色路虎差点亮瞎了众人的眼睛，可是神经大条的左小米居然一把搂过路过的林翰翰，冲徐良耸耸肩："唉，你要是早出现就好了，我已经名花有主了，不然跟着你多风光啊。唉，真是没那好命耶。"

林翰翰想一把甩开左小米，可平时柔弱无力的妞儿居然力大出奇，像八爪鱼一样附在他手臂上，令林翰翰顿时汗水狂涌，感觉自己的五脏六腑都被左小米的这句话搅乱了。他第一次认真地看了眼左小米，觉得这个不靠谱的女人其实蛮可爱的，至少，她勇于拒绝高富帅。

围观的同事愈来愈多，林翰翰尽管对左小米和徐良的故事不了解，但看徐良那架势，是很爱很爱左小米的。他索性不再挣扎，任凭左小米抓住自己，听左小米和徐良来了段精彩的辩驳。

徐良掸了掸身上的阿玛尼，诚恳地当众示爱：“小米，你不是有梦想吗，何苦把青春浪费在这个不起眼的小公司里？我现在有钱了，可以帮你实现梦想。”

左小米哼了一声：“我的梦想已经涨价了，白菜都涨价了，凭什么梦想要比白菜廉价？”

徐良继续攻心：“我还爱着你！”同事中间传来一片嘘声，大家都被这个痴心男感动了。

“爱？亲，你已经把我给你的爱刷爆了，爱不可以无条件透支。再说，你这算是求婚吗？你有做预算吗？预算多大？有做风险评估吗？有做收益回报吗？”

徐良被左小米一连串的问句噎住了，半天回不过神。在众人窃窃私语中，左小米挽起林翰翰的胳膊扬长而去。

爱情套餐，请付款

林翰翰气急败坏地甩开左小米。他的心怦怦乱跳，因为他听到她拒绝高富帅居然那么不留余地，他的胳膊又酥又麻，刚被她抓过的地方还留下了掐痕。他的耳根在发烧，因为她刚才分明说他是她的男友。

他问左小米：“那个男人对你死心塌地的，你干吗不从了他？”

“你管得着？”左小米的眼神像两把小刀子一样嗖嗖射过来，她的眼睛里痴缠着一种令他招架不住的火辣。他借口有事拔腿就走。

坐进计程车，林翰翰看见左小米仍旧保持着他离开时的样子，寂寥地站在阳光下，他突然觉得自己有点畏缩。其实就是一个傻子也看得出来左小米喜欢他，可林翰翰自认为自己没资格得到一个这么好的女孩子的爱。

他一没钱二没房三没车，他拿什么给婚姻一份承诺？阿SA跟郑中基隐婚四年又离婚了，他林翰翰敢相信爱情吗？姚晨跟凌潇肃这对情侣模范离婚了，他林翰翰敢相信爱情吗？就连谢霆锋跟张柏芝也分居满一年正式离婚了，他林翰翰敢相信这世上有永不褪色的爱情吗？

他不敢相信，也没有勇气裸婚。

还是做一只资深男素猫比较自在。

第二天左小米没来上班，整整一天林翰翰心里像被猫抓一样的难受，悄悄问Amelie，才知道人家休年假了。居然连个招呼都没打！林翰翰心怀怨气地打开邮箱，邮箱里躺着一封邮件，主题是“女追男，隔层纱”。

“男素猫，你想明白没有？我就是那个会陪你把路边摊吃到最后的女人，我不求你有房有车，只要你有一颗爱我的心。今天我向你求婚，娶我好吗？我已经拍了去三亚的旅游套餐，请你为我代付一下，我们一起去天涯海角见证我们的爱情！”

林翰翰的心里仿佛有千万朵花儿齐茬开放，他手指颤抖着打开左小米给的链接，发现旅游套餐里居然包括在天涯海角拍一套漂亮的婚纱照！

嘿，这妞儿还是挺腼腆的嘛，就连撒娇都与众不同。

不过，自己也真够怂的，居然要女人来倒追！

林翰翰撒腿冲出大厦的那一刻，嘴巴张成了 O 型，只见左小米穿着他在网上给她买的那条碎花长裙，深情款款地看着他，脚下放着大红色的旅行箱。

素猫左小米歪着头，打量了林翰翰一分钟，冒出来一句：“不太帅哦。化化妆还凑合吧，将就了！”

第二辑 爱与不爱，都是一场刀光剑影

你若是那含泪的射手，
我就是那一只，
决心不再躲闪的白鸟。
只等那羽箭破空而来，
射入我早已碎裂的胸怀……

饮下一杯爱的毒水

物是人非

她站在斑驳的阳光下，眯着眼看着对面的他。

他依旧魁梧，依旧英俊，只是岁月给他浸染了一层隐隐的风霜，一种熟男气息扑面而来。她想伸手去拂开他落在额前的一缕头发，却发现自己除了心脏在毫无章法地跳动，四肢根本动不了。

她有点紧张，双脚像栽进水泥地里，紧张得全身都在战栗。毕竟，他们有十五年没见面了。十五年，人的一生能有多少个十五年，岁月的车轮轰隆隆碾过去，物是人非事事休，可她发现，自己还是深爱着他。

所以她来了，以飞蛾扑火的姿势，来到他的城市。

两小时前，她给他打电话，说:“我来看你了。”

他哈哈大笑:“在哪儿？”

她说出了广场的名字——红心广场，这个城市的标志。他起先以为她开玩笑，后来语气变得犹疑不定，再后来，他说:“你等我，忙完手头的事情我就过去。”

等待的时间一分一秒都很漫长，漫长得令她的心都在一缩一缩地疼。

坐在广场边，她想起了一些过去的片段，她讶异于自己竟然能够清晰回忆起与他在一起的所有细枝末节。

情窦初开

十五年前，她十八，他十九，高考前的生活疲倦而忙碌，晚熟的她和他从漫天飞舞的试卷中抬起头，眼神绞缠在一起，他轻轻把她的手握在掌心，就在那一刻，她认定，此生非他莫属。

从不撒谎的她学会对父母撒谎，只为赴他一次又一次的约会。

他牵她的手走过早春的田埂，略显清冷的风抚乱了她情窦初开的心。

第一次拥抱，月光清凉如水，他张开双臂用力环抱她，太用力了，她甚至听得见骨骼啪啪断裂的声音。

第一次接吻，他的嘴唇从她的耳垂滑过来，逡巡在她的唇边，终于颤抖着捉住她的，一点点试探，一点点深入，然后卷住，柔情缱绻。她这才知道，原来接吻会让人眩晕，窒息，会让人突然想死掉，死在他的怀里。

这就是天荒地老了吧。她想。

第一次，他解开她的纽扣，当她饱满的胸部裸露在他眼前时，她看到了他眼睛里的疼惜，他埋下头，用嘴唇噙住她娇嫩的蓓蕾。他喊她，宝宝。

星星之火以不可阻挡之势燎原，他带她去了他的宿舍。他们手忙脚乱地剥掉对方衣服，他看着她，她也看着他，他将她扑倒，却始终不得要领。就在他满头大汗的时候，门被突然撞开，门外是一双双鄙夷、幸灾乐祸的眼睛。

她夺门而逃。

那时，他们的成绩双双下滑得厉害。没几天，在铺天盖地的流言蜚语中，他说，他要走。临走前交给她一只护身符，是用他上衣的第三颗纽扣做的，铜纽扣，他小心地穿了一个洞，用红丝线挂起来，他说:“戴着它，它会替我保佑你。”

第三颗纽扣，离他的心脏最近。

那年春天的风沙很大，刮疼了她的眼睛。

思念如潮

他小心翼翼地问她:“来出差吗？”

“不，就是来看看你。”她倔强地盯着他，渴望从他的眼睛里捕捉到巨大的惊喜。可惊喜是有的，却淡淡的转瞬即逝，他将眼神落在他的黑色宝来上，良久，又问她：“你晚上住哪儿？”

“和你在一起，你在哪儿，我在哪儿。”

这句话在她等待他来的时间里，在她心里翻涌了无数遍，她来就是想和他在一起，度过一个完整的夜晚，或者两晚、三晚。她要好好地跟他说说这么多年对他刻骨的想念。

她知道他有家室，她并没想破坏他的家庭，她就是想圆一个少女时代的梦，那个困扰了她十五年的梦。

他走到离她稍远一点的地方打电话，她听到他低声下气地说有急事要去一趟别的城市，说会尽快回来，他说：“宝贝，我爱你，我会想你。”

她的心顿时艰涩无比，经年过去，她再不是他的宝宝。瞧，这世界多么滑稽，当初说好一辈子在一起，说好海枯石烂，说好即使死也不会分开。

她仰起头笑了笑，心里很难过。

其实分离的十五年里他杳无音讯，她早认了命，要不是他在前几天突然打电话给她，说偶然从老同学那里辗转知道了她的电话号码，她会把他一辈子珍藏在心底。可就是那个电话，让她的心湖骤然惊涛骇浪。

她想见他，想得发疯。那种念头似阴暗潮湿的角落陡然冒出的苔藓，疯狂滋长，无法遏制。

人生不易

车子驶入毗邻城市，他带她走进一家快捷酒店。

她用很长的时间洗澡，水流哗哗地落在她凹凸有致的胴体上，她想起了自己木讷的丈夫。

从一所三流大学毕业后，她遍找他无果。绝望是一点一点累积起来的，在无边的绝望中，她接受了婚姻，丈夫是普通的机关职员，长相也普通。她不爱他，一点都不爱，在一起就是为了过日子。丈夫不会疼她爱她，不会甜言蜜语。想那事了，也不问她想不想，就粗暴地直接进入，完事后转过身就呼呼大睡。

他热切地想要个孩子，可她不甘心，一直偷偷服避孕药。

她不想要一个没有爱的婚姻的产物。

洗完澡，她又花费了很长时间化了个妆，镜子里的她依然漂亮，却不再拥有十五年前吹弹可破的皮肤，细纹不知什么时候爬上了脸颊。她仔细地涂了 BB 霜，遮盖了几处瑕疵。化好妆，她换了一件白色的裙子，一尘不染的白。

他站在窗前抽烟，烟雾缭绕。她走过去，从后面环住他的腰，将脸贴在他宽厚的背脊上。

他费力地转过身来，看见妆容精致的她，愣怔了一下，然后掰开她的手指，拍拍沙发，说："来，坐下聊。"

他没有立即把她拖上床，可，她跋山涉水地来找他，就是为了跟他索要性。聊天有什么意思？

求而不得

他掐掉烟，眼睛直视着她说："我不能对不起她。"

这一辈子，我只有她一个女人。他又燃了支香烟。

她心里猛然凛了一下，她想听他亲口说，他还爱她，还记得那些呼啸而过的青春，记得对她许过的诺言，她想听他说他虽然不能给她婚姻，但能够给她爱，这也是好的，可是，一切都是奢想。

爱一个人爱到什么程度才是真的爱？她选择了堕落。婚姻里得不到爱的她，偶然认识了一个年轻男人，第一眼就让她城池尽失。她诧异于世间竟有长相与他如此相像的男人，从眉眼到身材，特别是嘴唇的棱角，像得不可思议。

她勾引男人，试图从男人身上找到他的影子，哪怕一点一滴也好。她给男人钱，给男人买各种奢侈品，把自己的身体给男人。

在她心里，男人就是他的替身——替身情人。

和男人在一起，她总是微闭眼睛，想象在她上方的男人就是他。有一次，她战栗地喊出了他的名字，继而歇斯底里地喊，我爱你！

男人没有生气，继续占领她。直到，她丈夫回来，亲眼看见那不堪的一幕。

这些，她当然没同他讲，她心里翻腾着一个念头，十五年前那次未遂的欢爱，她想继续，她想真真切切地感受他一次，然后哪怕立即去死。

她贴近他，伸手去扯他的衣服，她没想到他反应居然那么激烈，一个巴掌把她抡倒在地，吼："你疯了？"

她爬起来，指着自己脖子上的护身符问他："还记得这个吗？"

他拿起来看了看，摇摇头："你这些年过得不好？怎么戴这玩意儿？明天我给你买条项链吧。"

白鸟之死

房间里实在是太闷了，深夜两点，她起身给自己倒了杯水，大口大口地喝掉。然后笑着朝他张开双臂："来，抱抱我。"

他没法拒绝她，她的笑靥曾经是他心里的蛊。他抱住她，让她半躺在自己怀里，就像十五年前的无数次一样。她的眼泪唰唰唰地流了下来。

他看她哭了，惊慌失措地道歉，说："我没有别的意思，你我都有家，我希望你过得好，希望你过得比我好。"

他还在说着，她环在他脖颈上的手却突然垂落，她凄惨地笑着说："我爱你，一直，永远。还记得那首诗吗，《白鸟之死》？"

记得，怎么不记得。她曾抄给他，他至今背得滚瓜烂熟："你若是那含泪的射手，我就是那一只，决心不再躲闪的白鸟。只等那羽箭破空而来，射入我早已碎裂的胸怀……"

她的眼睛慢慢阖上，眼角还挂着一滴泪。

她是连夜逃出来的，只为与他相见。她背负了命案，就在她丈夫拿起砍刀扑向替身情人的时候，她心思紊乱，混乱之中摸到一把匕首刺过去。她不想自首，她想见他，想把自己从没给过他的身体给他，想在最亲密的时候问他，你还爱我吗？

可他不要她，更不敢说爱，她完全绝望，所以她在自己喝的水里加了提前买好的毒鼠强。当然，她不舍得他为她蒙受不白之冤，在她的包里，有写好的遗书，替他撇得清清楚楚。

她就是想死在他的怀里。

他的怀抱，是她一直渴望的天堂。

他的心脏瞬间像被一记老拳砸中，致命之疼。

他有隐痛，在一场车祸中，他失去了性能力。他爱她，一直都爱。他也和她一样，爱得很绝望很绝望。只是从此以后，这爱成了他永远的枷锁。

他紧紧地抱着她，说：“我爱你。”

她的睫毛很浓很密，覆盖着她漂亮的眼睛，遮盖了白天，只给他剩下漫漫黑夜。

我的心里只有你，没有他

偷鸡不成蚀把米

凌晨一点四十五分，司丽琪衣冠不整地坐在地上，看着张漾灰溜溜地钻进他的黑色路虎朝老婆追去，那一刻，司丽琪连死的心都有了！

围观者热情高涨：“呸，不要脸，骚货，妖精……”各种污言秽语灌进她的耳朵，司丽琪突然咧嘴笑了，这才觉得脸上湿湿的，抬手一抹，满手的血。昏暗的路灯下，那个情景相当诡异。这时，一张纸巾递了过来，司丽琪接过来胡乱擦了两把，说了声，谢谢。

借着灯光，司丽琪看见对方穿着一身保安服，不过，很面生。

“你快回家吧，外面冷。”他低低地说了句，伸手想扶她，大概又觉得不妥，转身也走了。

最后一个围观者离开后，司丽琪身边顿时恢复了寂静，刚刚被这场闹剧吵醒的人们纷纷回家去继续睡觉。路灯昏黄摇曳，早春的深夜尚有几分寒意。

一点二十分，在司丽琪住的电梯公寓下，上演了一场正室抓小三的戏码。张漾的老婆把司丽琪和张漾抓个正着后，用她那尖利的足以穿墙凿壁的嗓音喊来了众多围观者，又用泼妇的手段挠花了司丽琪漂亮的脸蛋。自始至终，张漾居然一直傻站着，根本不管司丽琪的死活。

这让司丽琪怎能不寒心？

十二点五十分，张漾和司丽琪在1203那套精装小公寓里缱绻了一番后，张漾要回家，他吻着司丽琪说："记住，小心驶得万年船。"

司丽琪恋恋不舍地将张漾送下楼，在车外，张漾突然问："想不想在车上试试？"

车子掩映在黑魆魆的树影下，抚摸，亲吻，前戏很足，可是没等她享受到车震带来的新鲜刺激，她就听到一声划破夜空的尖叫。

爱过于深终将成恨

司丽琪一瘸一拐地走进公寓走廊，进电梯的时候吓了一跳，刚才那个小保安闯了进来，手里举着医用纱布和一瓶药水，腼腆地说："姐，我看你受伤了，所以不放心。"

司丽琪的心里滚过一股暖流，心想自己都这样声名狼藉了，居然还有人关心她，可一张嘴说出来的却是："你该不是担心我会跳楼吧？"

"不是。"

"那为什么跟着我？"她看他窘得脸都红了，觉得挺好玩。

"也是，怕你想不开。"他说。

说话间，电梯到了十二楼，司丽琪打开门把他让进房间。

小保安弯腰替司丽琪敷药的神情颇专注，她仔细看了看这个男人，白净面孔，宽大的保安服遮不住的健美身材，她问："有女朋友了？"

"没有呢，我这样的，谁看得上呀？"他说话的样子让她想起了七年前的张漾，那时的张漾，也和眼前这男人一样，纯净得像一张白纸，可物是人非事事休，现在的张漾，早已不复当年。

她凑过唇含住了他的耳垂："想不想试试女人？"

深夜两点，司丽琪和陌生的小保安滚了床单，她把刚才在张漾的车上没有尽兴的情欲一股脑地献给了余晟。对，激情高涨的时候，他喊她姐，他说："姐，我叫余晟；姐，你的身体好滑；姐，这样行不行？"

司丽琪裸着身子在床上翻滚，她勾人心魄，她惹人疯狂，她花样百出，让余晟大开眼界。

尽兴之后的司丽琪躺在余晟身边，嘴角浮出一抹苦笑，她想，这个世界真疯狂啊，自己居然用这样的方式来解心头之恨。

想到张漾，她就恨得不行！

她那么爱张漾，可张漾却一拖再拖，总说会离婚，总说，你得容我慢慢来亲爱的。

可她不想等了！

海誓山盟终成泡影

再从收发室门前经过，司丽琪总能看到余晟乖乖地坐在保安亭，她款款走过去的时候，他会给她一个旁人看不出来的意味深长的微笑。没有人的时候，他还轻轻喊她一声，姐。

司丽琪的名声是彻底臭了，就连见面一直打招呼的几个半生不熟的住户，见了她也像躲瘟疫一样溜着边走。车震被抓，这种夺人眼球的新闻像风一样席卷了整个小区，她总能见到三三两两的人站在远处指着她交头接耳。

不用猜，她也知道他们在说什么。她不怕，大不了到时候卖掉这套房子，和张漾结婚后住到别处去，谁爱嚼舌根就使劲嚼好了。

张漾最近没再来找司丽琪，他给她打过几个电话，电话里说老婆把他看得很死，还说本来他正在处心积虑找老婆的不是，现在倒好，被老婆抓住了小辫子，离婚就不那么容易了，末了，他说：“亲爱的，你不希望我净身出户吧？所以再耐心等等。”

司丽琪尽量用平淡的口气问他：“给我个时间？”

那边就突然挂了电话，再打过去，关机。

司丽琪在空荡荡的房间里踱来踱去，像只困兽一般。

她想起了自己和张漾的过去。

司丽琪在高考前就把处女身给了张漾。第一次是在十元一小时的钟点房里，张漾笨手笨脚地冲撞进她的身体后，她哭着抱紧他，不让他离开，她说：“你会娶我的对吗？”

她说：“我想和你生生世世在一起。”

张漾的回答让她一辈子都不会忘，他说：“我会娶你，让你做这世上最幸福的女人。”

然后她落榜，张漾考到外省，在张漾连吃饭都成问题的时候，她每天打四份工，把挣来的钱寄给张漾，心里就一个想法，绝不能让心爱的男人在钱上受一点点委屈。

为了爱情吃苦她愿意，可张漾还是负了她。当她得知张漾一毕业就娶了班上家境最好的女孩时，司丽琪整个人都傻了。

时光流转，六年后，司丽琪做了张漾的情人，又过了一年，司丽琪想做张漾名正言顺的老婆。

爱情，从没有公平可言

余晟再次登门找司丽琪的时候，她正站在飘窗前俯视远处的万家灯火。

她把余晟拉过去，指着外面问他："你说这要是跳下去会不会摔得粉身碎骨？" 余晟惶恐地将她抱紧："姐，你不能胡思乱想！"

她幽幽叹口气："你想我了？"

余晟不说话，狠狠吻住她。那晚，他们除了接吻什么也没做，司丽琪给余晟讲了自己和张漾的故事，讲到最后泣不成声："你说，我对他那么好，他怎能薄情寡义？要不是我他早饿死了！"

余晟替她擦拭糊了满脸的泪水，喃喃道："如果你愿意，我们可以离开这儿，我陪你到哪儿都行。"

司丽琪正哭着，听了余晟这有些孩子气的话就笑了，她和张漾那么坚定不移的爱情都能变质，眼前这个认识不过几天、上过一次床的小保安，如何就能托付终身？余晟简直就是几年前的张漾啊，誓言立得容易，却不懂誓言在爱情里是执子之手的约定，却很容易在生活里变得狗屁不是。

她吻吻他的唇，把他连推带搡赶了出去。

余晟站在门外，他听见司丽琪的哭声很压抑，让他窒息，让他心疼。

司丽琪那晚割了腕，鲜红的血淌下来的时候，她怕了，求生的本能让她奋力爬到门边。打开门没等呼救，她就被一双坚实有力的双臂抱起来飞奔。余晟那时正靠在门上抽烟，原想等抽完一支烟就走，他始终不放心她。

伤口并不深，司丽琪的命保住了。出院后那几天，余晟一有时间就来陪着她，给她做饭，给她讲并不好笑的笑话，给她洗衣服，包括胸罩和内裤。

彻底痊愈后，司丽琪坐不住了，去张漾的公司找他，被告知不在。她失魂落魄地在熙熙攘攘的街道游荡，路过一家装修得金碧辉煌的高级会所时，她无意间看见余晟正推开茶色的玻璃旋转门走进去。她有点好奇，他在这里做什么？

有钱能使鬼推磨，她用一千块从迎宾的嘴里得知了一个让她诧异的事实——余晟在这里是服务生，因为长得好、身材好，所以生意一直稳居榜首。

从迎宾促狭的眼神里，她明白了余晟的身份。她的脑袋忽然就钝痛起来，她比以往更愿意相信余晟有了别的女人，哪怕不止一个，却没想到他是干这个的。一口浊气涌上心头，她转身就走。初春的风里还有着丝丝凉意，她一路走，一路哭，后来哭得没有了力气，便顺着马路牙子坐下来。

在司丽琪坐在马路牙子上的那段时间，1203 发生了一起命案。

梦想终究抵不过现实

张漾从十二楼的飘窗上坠落，当场毙命。

据办案民警调查，排除了张漾自杀的可能，很快，他们将凶手锁定为一个叫余晟的小区保安。

很多事情，司丽琪永远蒙在鼓里。

那天，她去找张漾的时候，张漾恰好来家里找她想告诉她，他已经不爱她了。房子是他买的，他用钥匙打开门，还没顾上关门余晟就跟了进去。余晟从会所回来后在收发室值班，看见张漾开着路虎进了小区，就来找他要尾款。

一个月前小区那场人尽皆知的车震男主角，曾用三千元雇用了余晟，并通过关系把余晟安排到小区做了保安。他要求余晟在某个他精心安排车震的深夜，恰到好处地打电话通知自己的老婆。他不想离婚，他宁愿让老婆来捉奸，宁愿回去跪着给老婆忏悔，也不愿因为一个一无所有的司丽琪而毁了自己一生的富贵。

张漾给了余晟一千，说等彻底摆脱司丽琪之后再结清尾款。

余晟急于拿到剩下的两千。他已经把会所的工作辞了，他再也不想在那些披金挂银的老女人的情欲里迷失自己，他打算告别过去，带司丽琪远走他乡。没想到，张漾拒绝支付尾款。出尔反尔的有钱人余晟见得多了，盛怒之下，他趁张漾在飘窗前抽烟的时候，伸手推了他一把。

说到底，他恨忘恩负义的人，不论是男人之于女人，或者女人之于男人。

余晟有心结。他干那种工作也是出于无奈，他深爱的女友读完大学读硕士，然后又读博士，他需要很多钱才能将她送到国外深造。可就在半年前，女友在国外结婚了，对方是个美国人，她对他说："谢谢你。"

一句谢谢你，让余晟终于明白，原来女友爱的只是他的钱。绝望的他继续沉沦，没承想遇到了与他有着同样际遇的司丽琪。

司丽琪与余晟的最后一面是在羁押所，司丽琪像患了失心疯一样，对着余晟又踢又打，歇斯底里地喊："你混蛋！你难道不知道我有多爱他？"

她尖利地叫了一声跑掉了。

司丽琪听不到，余晟在她身后说了同样一句："你难道不知道我有多爱你？"

用生命唤醒你的心

酒吧偶遇

宋妮出现的那个夜晚，空气暖昧潮湿，林栋和雄哥在凯悦大厦负一层的酒吧，要了几瓶啤酒，有一搭没一搭地喝着，眼睛顺便在走进酒吧的每一个女人身上肆无忌惮地搜刮。

抬头与宋妮眼神相接的刹那，林栋心里的某根弦要命地动了一下。

泡夜店的女人大都化很浓的烟熏妆，涂猩红的蔻丹，穿露乳露大腿短得不能再短的迷你裙。而宋妮不，她素面朝天，扎一把清纯马尾，穿一件藕色雪纺连衣裙，整个人仿若一枝安安静静的荷，与喧闹、颓废、灰暗的夜店极不搭调。

她一个人坐在角落里，要了一杯酒，也不喝，安静地低头玩手机。

雄哥的眼睛里闪过一抹惊喜，这没能逃过林栋那双火眼金睛。

他咳了咳，对雄哥说："这样的女人出现在这种下三烂的地方，一定是有缘由的，要么失恋，要么失身，要么破罐子破摔。"

雄哥吞了一大口酒，眼珠子像粘在了宋妮身上："这是个清纯的女人，我喜欢。"

林栋便不作声了。

他知道，只要是被雄哥看上的女人，他就不能有非分之想。

谁让他和雄哥是哥们儿呢，或者更确切地说，他们是一根绳子上的蚂蚱。林栋是雄哥的跟班，和雄哥一起出生入死，赚到钱就坐在床上哗哗哗数钞票，赚不到就连喝几天西北风。

相较女人，林栋更喜欢金钱，钱包殷实会让男人觉得安全，而女人是祸水，一不留神就会被祸害得城池尽失。这是雄哥教他的，所以，他从不招惹女人。

英雄救美

一出好戏在半个小时后上演了。

本地臭名昭著的痞子刀疤脸骚扰宋妮的时候，宋妮恼了，发出尖利的喊声，雄哥走过去断喝一声："别碰她！"

但刀疤脸是谁？他是柳荫街天不怕地不怕的痞子，怎么能听雄哥的？当刀疤脸将一双邪恶的手摸向宋妮饱满的胸部时，雄哥手里的酒瓶子随着一声爆裂在刀疤脸的脑袋上开了花，一场激战随之而来。

林栋受了轻伤，雄哥的脸被利器划伤，血滴了一路。

宋妮像只受了惊吓的鸟儿，默不作声地跟着两个人去了路边的诊所。她细心地帮雄哥处理伤口时，林栋才近距离地仔细看了看她，侧脸很美，小巧的鼻子、忽闪忽闪的睫毛，焦急起来，脸红扑扑的，她的眼睛一直停留在雄哥那张帅气得让人嫉妒的脸上。是的，雄哥很帅很男人，是那种有着一股子痞气的帅。

这样的男人对女人有很强的杀伤力。

那个时刻，林栋真恨不得受伤的是自己，哪怕伤得再重些也没关系，好让宋妮绵软的小手在他的身体上停留一会儿。一想到那双绵软的小手，他的身体就蠢蠢欲动。

雄哥对宋妮挥挥手:“我没事，你不属于那个地方，以后还是少去为好。”

宋妮告别时，雄哥挣扎着去送了她。到路口时，林栋借口回去睡觉，返身跟踪了他们。他们去了海边，雄哥的伤好像一下子好了，他们接吻的时候，林栋躲在岩石后面看了许久。借着远处的灯光，他看到雄哥捧着宋妮饱满的脸，那一刻，他心里莫名地泛酸。

那晚，林栋的梦里是一片潮湿的海，他梦见自己和宋妮在沙滩上奔跑，风吹起了她的裙子，她笑着，将唇贴上了他的唇。

但那只是一场梦，梦醒后，林栋还是林栋，但雄哥又多了一个女人。

可以这么说，遇见宋妮前，林栋的眼里只有钱。遇见她后，乾坤大逆转，林栋开始在每一个潮湿的夜里想念宋妮，想得急了，就穿上衣服，一口气狂奔到海边去。夜色下的沙滩，静谧混杂着喧嚣，不远处海浪低声汹涌着，林栋胸腔里一把又一把的火焰奔突着，灼得他无处宣泄。

镜中之月

宋妮开始经常来找雄哥，有时在雄哥房间里过夜。雄哥想像对待其他女人那样对待宋妮，但显然不行，她的眼睛里痴缠着一团火，雄哥说："糟了，这丫头片子爱上我了，这样不好。"

是的，她爱上雄哥了，这个结论让林栋的心脏仿佛被钢针扎了一般刺痛得要命。他无法不让自己去想他们在床上纠缠的样子，想象中的画面似一把钝刀，缓缓切割着他难过的心脏，让他窒息得无法言说。

雄哥的女人从监狱里释放了出来，那天他们刚好干了一单活，意气风发地回了住处。看女人在，雄哥上去就拥着她进了房间。没想到十分钟后宋妮来了，她一进门就喊着："雄哥，雄哥。"

林栋说:“雄哥不在。”

她说:“我拿样东西就走。”说着去推雄哥的房门。

林栋急了，拦住她高喊:“雄哥不在！”宋妮猛地一脚踹开了门。床上，雄哥和女人正在热烈纠缠。瘦削的宋妮愣了一下，继而歇斯底里地闹起来，疯狂地拉着林栋说:“林栋，我们睡觉去！你不是想和我睡觉吗？走啊，走啊！”

那一刻，林栋全身的每根骨头都在唱歌，他多希望这些话不是宋妮负气所言，多想细细地欣赏她，温柔地爱抚她，然后像两条沾着湿漉漉的欲望的藤，你缠着我，我缠着你，酣畅淋漓地攀上快乐之巅。

但他奋力甩开了她，他知道她不是自己的，想也白想，所以他狠狠地对她吼:“滚！”

宋妮滚了，她滚到了刀疤脸怀里。林栋和雄哥在凯悦寻找猎物时，看见宋妮坐在刀疤脸大腿上，笑得花枝乱颤。刀疤脸朝雄哥吹了一声口哨，雄哥的脸色铁青，林栋知道雄哥心里一定很难受。

林栋心里更难受，他和雄哥爱上了同一个女人。

当一个女人你料定今生也不会得到时，无异于痴心妄想地看着水里的月亮，任凭它在水里晃来晃去，碎了，圆了，终究是幻象。

宋妮就是林栋的水中月，镜中花。

爱你，所以伤害你

林栋开始尝试忘掉宋妮，所以当宋妮再次来找雄哥时，林栋把自己的心锻成了一块铁。

雄哥把林栋叫到房间里，点一支烟，狠狠地吸了一口说："阿栋，我们人手不够了，就用她。"

林栋一惊："你疯了？你既然喜欢她，怎么可以让她去干那种事？"

雄哥的眼睛里闪过一丝决绝。晚上雄哥提出让宋妮做饵时，宋妮哭着答应了，她说："雄哥，只要不让我离开你，做什么都行。"

女人一旦爱上一个男人，就贱到了骨子里。林栋恨宋妮，恨她肯为雄哥做任何事。

雄哥搞了一个性敲诈团伙，很简单，放饵勾引猎物，猎物上钩后，林栋和雄哥掐算好时间破门而入。那些猎物都是有头有脸有钱的男人，为了名声，当然会用巨款消灾。

但是，当宋妮第一次做饵和那个富商走进四星级宾馆的套房时，等在外面的雄哥一直拖延时间。林栋急了："快！否则就来不及了！"

雄哥说："不急。"

林栋明白了雄哥的心思，他是想用更深的伤害来让宋妮对他彻底死心。宋妮太死心塌地了，雄哥只能出此狠招让她离开他，他不愿意让一个清纯如水的女子对他用情专一跟着他颠沛流离。

等在外面的林栋像头困兽一样走来走去。

时间漫长，在林栋几乎要发疯的时候，宋妮满脸泪痕地出来了。她面无表情，眼神空洞地望着前方，从林栋面前走过去，白裙子像一片洁白的栀子花瓣，在林栋的眼前凋零了。

用生命挽救

一个月后宋妮才再次出现。她显然已经对雄哥死了心，脸色苍白，她求林栋："我们结婚吧，然后洗手不干，开家小店，本本分分过日子。"

林栋站在窗前沉默不语，他还在纠结着那个很傻的问题，她是雄哥的女人，他不该对她动心。

但是，宋妮忽然将手臂软软地搭在了林栋的肩上，她的眼睛里清澈得看不到一丝尘埃，她说："你是喜欢我的，我知道，你一直都喜欢我。"

林栋不合时宜地问了她一句："你只是想和我做爱吗？"

她怔了几秒，说："不，我想结婚了。"

然后，她就开始去解连衣裙的扣子，林栋没有阻拦，他的心里突突突地奔涌着一股潜流，那个声音盖过了他的理智。当宋妮白瓷般的胴体在他面前一览无余时，他像历尽千辛万苦终于挖到宝藏的寻宝人，惊呼着，将她纳入自己的怀里。

她仿若一条干渴的鱼，灵巧地滑进了他的身体里，他想起了一直困扰着自己的那个海边的梦，梦里他和她唇吸引着唇，身体吸引着身体。想到那些痛苦的日子，林栋终于骁勇起来，迎接了宋妮的每一次颤抖的索要。

雄哥听说林栋要和宋妮结婚，舒了一口气。

林栋求他，陪他做最后一单生意。做了这单生意，他就洗手不干，然后听宋妮的话，本本分分过日子。

那天是林栋和宋妮的大喜之日，林栋喝醉了，醉了的他没有任何预兆地被一副冰凉的手铐惊醒。同时被捕的，还有雄哥。在监狱的五年里，宋妮仿佛人间蒸发了，踪影皆无。雄哥常常在放风的时候对林栋说："女人是祸水，这回你信了吧？"

风和日丽的一天，林栋出狱。他迫不及待地去了宋妮的父母家，迎接他的，是一捧冰凉的骨灰和一封信。

原来，宋妮在新婚那天发现林栋仍然在同雄哥犯罪，决意挽救他。她留给林栋的信上说："没有什么比看着你们堕落下去更令人难过的了。"

林栋的眼前出现了一幅画面，报警后的宋妮躺在蓄满水的浴缸里，用刀片划破了自己的手腕，鲜血迷离着，似一朵朵忧伤的花朵，在水里蔓延……

林栋的心一路坠落，他狂奔到海边，跪倒在沙滩上。夜色下的沙滩，静谧混杂着喧嚣，不远处海浪低声汹涌着，似哀伤的乐曲。林栋的世界，就这样失去了鲜活的颜色。

后来的很多年，林栋还是无法确定，宋妮爱的那个男人，到底是自己，还是雄哥？

拼尽全力“辜负”你

生活离不开面包

下午，涂着猩红唇膏的更年期女主管又对我张牙舞爪，原因是我在一份重要文案上打错了三个字，她大呼小叫冲我吼：“郁小欢，干不好你就滚！”

我愣怔原地，同事们齐刷刷朝我投来同情的目光，刚好走进来的秦风喊住旁边的人事部经理，云淡风轻地说：“给郁小欢换个岗位，她是我老乡。”

“另外，”他扭头冲那女人说，“要是觉得干不好，你就滚！”女主管低头哈腰地退下，而我完全懵了。

我在秦风的公司打工，干一份拿很低薪水的文员工作，每天像个机器一样对着电脑显示屏翻舞自己灵巧的手指，将打好的文件送到更年期女主管面前，然后在那个猖狂女人的训斥下将卑微的头埋得很低。

活着不仅需要爱情，更需要面包，我不能让陈洛一个人累死累活地工作养我。

秦风对我的好感我早已洞悉，男人的眼睛最能出卖他内心最卑鄙的想法。在某一次茶水间偶遇时，秦风漫不经心地对我说："郁小欢，你太傲了，可我就喜欢你的傲气。"

我暗骂，有俩臭钱就以为你是爷啊！拽什么拽！

同事们早就在八卦，秦风这个纨绔子弟命好，生下来嘴里就含着金钥匙，谁要被他看中，就别想逃出他的掌心。

还有，秦风住在金桂花园，据说那是富人才有资格住的地方。事实上，秦风就是一个有资格住最好别墅、开最好跑车、睡最好女人的男人，因为他有钱，所以他的路柳墙花多得数也数不清。

但我不是最好的女人，只是相貌生得好看些，这是爹妈给的，然后我有些傲。就是这份傲气，使秦风对我的痴恋愈来愈浓，直到刚才，他的痴恋成功演绎成跟踪，外加一顿狂吻。

可，这又能怎样？我心里只有陈洛。所以，我擦了擦嘴巴，愤然离开。

残酷的现实

我的景况奇迹般好转起来，女上司再也不敢凶我。月底，我的钱袋里比往常多出几倍钞票。但我并不感恩，当我遇到秦风期待的眼神时，总是头一摆装作没看见。

秦风再好再有钱，我也不能要，我有陈洛，我们非常相爱。

我的左手无名指上戴着一枚银戒，温润的金属、好看的弧度上，雕刻着栩栩如生的凤尾。陈洛买下来套在我的手指上时说：“我一定会娶你，丫头。”

他喊我丫头时，眼睛里满是宠溺。

我和陈洛住在租来的地下室里，爱情的火焰将那间散发着萎靡潮湿气息的斗室装点得活色生香。陈洛喜欢在做完爱后将我抱得紧紧的睡过去，而我听着他匀称的鼾声，就觉得天堂不过如此。

我怕是得了嗜银症，看到喜欢的小银饰，就两眼放光。其实当我看到别的女人颈间闪闪发光的钻石项链，也渴望有一天会披金戴银，腰板挺直。但陈洛只买得起银饰，所以我说我只喜欢银饰。有时候面对爱的那个人，撒点小谎并不过分。

陈洛许诺，有钱了一定开家银店让我当老板娘，他当银匠，每日里叮叮当当，为我打造最好看的银饰。我笑着应他。

现实总是比梦想残酷。

前阵子，父亲的一场疾病把我从对未来的美好想象中骤然抽离，我需要钱，需要很多钱才能交得起那些天价药费。我没有怪陈洛不能为我解燃眉之急，我能做的，是每天素着一张脸坐在秦风的公司里，面对显示屏机械地敲打文字。

没有父亲，我的天就会塌。可我无能为力。我几乎要发疯。在几乎凝滞的空气里，陈洛日渐沉默。

爱情遭遇背叛

一枚硕大的钻戒摆在我面前，我抬头，迎到秦风火辣的眼睛。

是傻瓜都知道，他在向我求爱。可是，天知道他用这种拙劣的把戏搞定过多少女人，一枚钻戒于他而言不过是游戏感情的一个道具而已。

我准备用最有效最冷漠的语言表达拒绝，没等我开口，秦风笑了，口吻居然前所未有的坦诚："郁小欢，你可以不用着急回答我，我有足够耐心等你。"

等我回心转意？等我接受一个我不爱的男人，只因为他有钱？做梦！

拖着疲惫的双腿回家，偏偏半路看见一个颇像陈洛的身影。疑心四起的我干脆跟了上去，果然是陈洛。可是他明明告诉我他去武汉出个短差，难道他在骗我？

我像一个蹩脚的侦探一直跟踪陈洛到酒店，眼睁睁地看着他在酒店门口与一个妖娆女人会合。女人披着大波浪的长卷发，脚蹬高得吓人的高跟鞋。他亲热地上前揽住女人的水蛇腰一起走进旋转玻璃门。那一刻，犹如被一盆凉水劈头盖脸浇注下来，我浑身彻底的凉。

行尸走肉般过了三天，陈洛回来时，我没有扑上去厮打他，而是冷静地用我亲眼所见的质问他。我想，对于一个男人而言，世间诱惑实在是太多，我想原谅他，然后就当什么都没发生过。

退一步，海阔天空。这点同样适用于爱情。

可是陈洛的回答让我心寒，他说："郁小欢，我不爱你了，你走吧。"

我的双脚犹如栽进水泥地里，动也没法动。我诧异，继而笑了："你是逗我的吧？我原谅你偶尔的背叛。你当初说过，我们会一直在一起，没有任何力量能够把我们俩分开！"

陈洛表情瞬息万变，语气却毋庸置疑："是，我也说过，只要我亲口说不爱你了，不要你了，就是我们爱情的末日！"

是，他是说过这样的话，我们的确如此约定过。可我不想放弃，我们爱得太苦，爱得太真，在光怪陆离的社会染缸里，我还想给他一次机会，或者说是给我自己一次机会。

我坚持不走。我流着泪说，我原谅你，我还爱着你！

女人有时候就是贱，尤其在爱情里，越是爱，越是贱。

心，碎落一地

陈洛没有丝毫悔改的迹象，他用冷漠报复我的豁达。

一周后，他竟然张狂地将女人带到我的床上。那天我打电话告诉陈洛我加班，之后却在公司突然昏倒，秦风指挥几个同事将我送至医院，医生的诊断是低血糖外加严重营养不良导致昏厥。打完点滴，秦风送我回家，虚弱的我没法拒绝他的一番好意。

我靠在地下室的门上，看着女人惊慌失措穿衣离去。陈洛不紧不慢地点烟，抓起一瓶冰水咕咚咕咚地灌下去。我无动于衷，心却开始碎裂。

陈洛摔了手里的瓶子，掐着我的双肩，摇晃着我，他眼睛里的怒火是我从未看见过的。他吼："郁小欢，我已经不爱你了，你怎么还死皮赖脸地回来啊？"

这个男人此时此刻如此陌生，陌生得让我害怕。我想起那个口口声声说会娶我的陈洛，想起那个在夜晚将我温暖覆盖的陈洛，我不信一个男人会变得这么快。我歇斯底里地扑进他的怀里，他却冷冷地将我推开。

我没有哭，我连哭的力气都没有了。

我扭头冲了出去，走出地下室昏暗潮湿的甬道，橘黄的街灯将我的影子拉得很长。深冬的夜，空气冷得凛冽，有雪花大片大片飘落，我拦下计程车，说:“金桂花园。”

铺天盖地的绝望中，我想到了秦风执着的眼神，和他的那句，我有足够耐心等你。

雪花飞舞着，迷蒙了我的眼睛。

计程车穿过第七条街道后，抵达金桂花园。秦风迈着轻快的脚步跑下台阶，穿过雨花石的小径来打开雕花的铁门，看见我他露出牙齿笑了:“妞，想通了？”我如鲠在喉，将头埋在他的颈窝里开始哭泣。

那是我从未见识过的富丽堂皇，秦风的笑，秦风的抚摸，秦风的亲吻，一切都虚假得像日本卡通片的景象，而我如同卡通里的樱桃小丸子，因为急速逼近的幸福，有些应接不暇的眩晕。

秦风像一头被困太久的兽，匍匐在我身上，撕咬，啃噬。我睁着大大的眼睛越过他的耳侧看向天花板，那里白茫茫一片，就像我此时此刻空洞的心脏。一刻钟后，秦风将我的头扳过来，直视我的眼睛，他说:“郁小欢，如果你不愿意，就算了。”

说着，他从我的身上滑落下来，偃旗息鼓。周围死一般的寂。他抽出一根烟，打火机吧嗒吧嗒了好几次，那根烟依旧没点着。情欲与爱情，是两个互相打斗的魔鬼，它们在我的脑海里轮番出击，令我头疼欲裂。

内心的打斗停止，我夺过他指间的烟，媚笑着贴近他的脸:“谁说我不愿意了？”

那是一场酣畅淋漓的性爱，整个过程秦风投入且执着，他一遍一遍地吻过我的肌肤，脸庞因情欲高涨而显得扭曲，床头橘色夜灯将他起伏的样子投射在墙壁上，一下一下，时而缓慢，时而激烈……这个男人将我原本冰冷的心消融成一滴滴雪水，让我获得一丝喘息。

我想，我应该忘了陈洛，一个用背叛回报爱情的男人，根本不值得去爱。

保险柜里的秘密

父亲的医药费很快得到了解决，与有钱男人交往的好处不言自明。有时候秦风会盯着我的眼睛问我：“你爱我吗？”

“爱。”我的回答是那么不确定。可是，秦风很满足。

秦风喝醉的那天，我的银行卡上多出了十万。他醉得不轻，并且在稀里糊涂睡着前，忘记将打开的保险柜上锁。

我看到了一张白纸黑字按有鲜红手印的合同，是秦风和陈洛两个人签订的。内容让我惊诧：陈洛自愿放弃郁小欢，并保证不与其主动联系，秦风会在得到郁小欢之后，一次性付给陈洛十万。

难以置信，陈洛居然用十万作为筹码将我出让给秦风，从而为我换得父亲的医药费。

秘密拆穿，悬念一层层展开，我震惊，无语，心痛。

陈洛是爱我的，只有爱一个人才会甘愿放弃。酒店、地下室里的女人，不过是他逼我离开的戏码。

我试图摇醒秦风，可他已然烂醉如泥。我发疯般去找陈洛，跌跌撞撞地穿过一条条街道，可那间散发着霉味的地下室已人去屋空。

那一刻，我真想像《大话西游》里的紫霞一样，钻进身体内看看自己的心，究竟痛成了什么样子。

负心的他，空心的你

再见，略显狼狈

林晟朝我走来的那一瞬，空气里都带着大朵大朵繁盛的忧伤。

这个化骨成灰我都不会忘记的男人，此刻衣着入时，从崭新的奥迪 A6 里探身而出，身形依然矫捷、健硕，我的心猛烈地跳动起来，并无法控制地失衡。

我够狼狈，拎着一只掉了跟的鞋子，裙子也撕开了几寸长的口子，落魄的我与意气风发的他狭路相逢，场面相当讽刺。当我正恨不得找个地缝一头钻进去时，听到林晟很有礼貌地问我："这位小姐，你没事吧？要不要我帮你？"

像被当头拍了一板砖，我愣怔住了。都说男人善变，可再善变，时光再荏苒，也不至于把初恋女友认作路人甲吧？更何况，我们曾深爱过，曾在旖旎时光里牵过手，接过吻，甚至，交付过彼此的第一次。

我慢慢抬头，直到与他眼神相遇，我相信此刻我的眼睛里绝不会有泪光，有的只是冷冽。

果然，林晟呆住了，迟疑片刻，他小心念出我的名字：“许诺，是你？”

或许我的狼狈激发了他的怜悯之心，林晟不容分说，把我塞进他的副驾。

车厢里很静，在他的咄咄逼问下，我故作轻松地说：“路遇劫匪，并没多大损失。”

我骗了他。

我刚从快捷酒店跑出来。几个小时前我与一个四十多岁的老男人在酒吧对饮，男人说只要我跟着他，就会享不尽荣华富贵。然后不胜酒力的我被一股蛮力弄醒，发现已然身处酒店房间，撕扯间，我抄起烟灰缸砸了老男人，奋力外逃。

我笃定，除了林晟，我没法接受另外一个男人。

往日誓言随风飘零

车子停在一幢旧楼下，林晟打了一通电话，很快，一个瘦高男子从楼上下来，交给他一串钥匙。林晟也不避讳，向我介绍：“夏宇，我的铁哥们儿。”

夏宇眼神很复杂，我这才惊觉自己衣衫凌乱，不禁羞恼。

三楼，收拾整洁的小两居，林晟向我解释，外面人多眼杂，只好借朋友房子与我坐坐。迎着我火辣的眼睛，他眼神闪躲：“这几年，你过得好吧？”

我拿过夏宇电脑前的万宝路，抽出一根点燃，少顷，掸掉长长一截烟灰，“不好。”

事实上，在林晟离开我的这三年里，我过得真的不好。我以为失去林晟，就会爱上别的男人，可是我惊惧地发现，内心深处，我仍想念林晟，仍对他不死心。那种感觉很苦涩很纠结，他就像一粒朱砂烙在我的心底，无法抹去。

我发了疯般地一座城市接着一座城市流浪，每次抵达一座新的城市，我都乞求上帝保佑我找到他，我要亲耳听他说不爱我，然后哪怕立即去死也心甘情愿。

听完我絮絮叨叨的讲述，林晟嗫嚅道：“当初离开你我也是情非得已，可现在，我无法全身而退，我快要结婚了。”

看，这就是我的爱情，有始没有终，未曾盛开就已枯萎。林晟于我，就像天边最远那颗星，伸手不可及。

男人就是决绝，当他不爱一个女人时，心就会冷硬成一块坚冰。我想起三年前的最后一面，那天冷得异常，有零星雪花从阴霾天空坠落，林晟指天发誓，谁变心谁就死无葬身之地。

我用唇堵住了他的唇。可是发过誓的第三天，他就弃我而去，就像炎炎烈日滴在水泥地上的一滴水，瞬间蒸发，了无踪影。

保留最后的自尊

旧爱重拾是恩宠。

夏宇电脑里传来陈楚生清冽的歌声："我越来越怀疑谁说爱过是幸福，反正身上都是未痊愈的伤口，我经常嘲笑自己，不能说到做到，忘不了那段甜蜜，戒不掉心中的瘾……"我突然想哭。

暮色四合，林晟的脸离我很近，他的眼睛里清晰地燃烧着一簇火焰，我直视他，并从中看到卑微的自己。火焰愈烧愈旺，终于，他将我扑倒在夏宇铺着蓝色格子床单的大床上。

不用矫情，说什么都是徒劳都是枉然，我要的难道不是这一刻吗？一千多个日日夜夜，我用回忆充实自己的空虚寂寥，无数次幻想与这个男人纠缠在一起，藤一般，坚韧一生。

林晟一直在问我："还爱我吗？傻妞，还爱吗？"

我不说话，扔掉烟蒂，鱼一样滑进他温暖的怀里，沉默着，扑腾起白色的浪花。那些浪花狠狠打在我身上，让我雀跃、欢喜。林晟在我的鼓励下骁勇异常。那一刻，世间再无其他，只有林晟，林晟的体温，林晟的怀抱。我鼓起勇气，说出一直想说的话："走吧，离开这里，我们去另外的城市，安家落户，生孩子，过日子。"

我以为林晟会点头，可是我错了，他从我身下抽出手臂，语气没半点商量余地："不行，下个月十六号，是我大婚的日子，许诺，我只能负你，对不起。”

心脏仿佛被瞬间抽空，我失语。

从夏宇家出来，街灯昏暗，午夜的街头，夏宇站在法桐巨大的树荫下，表情莫测。林晟把钥匙丢还给夏宇，回头问我：“你住的地方远不远？”

我仰起头，没心没肺地笑了：“你走吧，别让准新娘着急哦。”

林晟的车子在空寂无人的街头疾驰而去。转过身，我的眼泪狠狠砸落下来。租住的房子在城郊接合部，我固执地不想让林晟再次见证我的不堪，桀骜且骄傲的我，只想在他面前保留最后一点自尊。

夏宇走过来，默不作声递给我一张纸巾。

后半夜，我和夏宇坐在他家的沙发上，空气里还残留着林晟的味道，甚至，若有若无的荷尔蒙的味道。

我问夏宇：“如果你爱的人不爱你，你会怎么做？”

“让他也不好过。”他摁灭烟头，回答我。

还是放不下

我求夏宇帮我，我想知道究竟是什么样的女子才能夺去林晟。夏宇说：“好。”

接下来的日子变得凌乱不堪。每天，夏宇用他那辆二手别克载着我尾随林晟。我躲在挡风玻璃后，看着林晟挽着一位高挑靓丽的女子出入高档购物场所，他们看起来是那么般配，我问夏宇:“为什么上帝如此不公，赋予了她美貌，还赋予她财富，外加一个优秀的男人？”

“命。命不由人。”

人人都说，女人都是物质的，没有哪个女人会看上一个只有爱、没有钱的傻瓜。其实男人也一样，会为了所谓的前程，把爱情当赌注，押在一个可以帮助自己飞黄腾达的女人身上。

林晟没有错，错的是我不该爱他。绝望似一根藤，紧紧缠住了我，令我窒息。我告诉夏宇，我去买杯奶茶，马上回来。

十分钟后，我站在了东盛购物广场最高层天台，清冽的风阵阵吹来，凉意自心生。我默念着:“林晟，我就是死了做鬼也要缠着你。”然后，闭上眼睛，张开双臂呈飞翔的姿势。

一股力量将我突兀席卷，不知什么时候，夏宇站在了我身后，随着一句“许诺，你疯了！”我倒在他宽阔温暖的怀里，无声呜咽。

是的，得不到爱，我宁愿不要活着，因为活着的每一分每一秒，对我来说都是痛苦。

回到夏宇家，他为我熬了香浓的粥，配上几样翠绿小菜，胃口无端好起来。整晚，夏宇苦口婆心劝我，为了爱情丢掉性命，这是蠢猪才干得出来的事儿。

饭毕，瞥了眼卧室里那张蓝色格子床单，眼前不由自主又想起那个午夜，我与林晟难分难解，而夏宇在楼下踯躅徘徊。

其实夏宇人很不错，高瘦，英俊，有一份不用太辛苦便可衣食无忧的工作。追逐你的女孩应该很多吧？我这样问，他却用霸道一吻回答了我。

那个吻很绵长，甚至带来一种天崩地裂的感觉。

夏宇吻着我说："许诺，你可以和林晟见最后一面，作为了断。以后，必须全心全意和我交往，如果你爱我。"

我愣了一下，心里砰然开出一朵花。

得不到，便毁掉

我主动约林晟，当他在电话里意外地听到我会放手，这只是最后的告别时，他如释重负，"好，我去找夏宇要钥匙。"

同样的情景再次上演，我抽掉了夏宇烟盒里最后一根万宝路，呛得连声咳嗽。

不知林晟是不是心怀抱歉，总之，他给我的吻，多了疼惜，多了百转千回，甚至在我战栗着将自己贴向他坚实的身体时，他用前所未有的热情包裹了我。

这就够了，足够我回味一辈子，我很知足。

在楼下告别时，正值午后，林晟牵着我的手，阳光自法桐的枝丫间打下来，有一缕刺花了我的眼睛，剧烈的空旷感自心底蔓延。看着林晟疾步离开，突然有一阵暖、一阵凉，交错着从我的脊梁骨蜿蜒而上。

我失去了他，永远。

十六号，我乔装打扮一番，混在宾客中走进林晟举行婚礼的酒店。路过林晟身边，我多看了一眼新娘，一袭洁白婚纱，衬托得她宛若天人。

婚礼正式开始，在悠扬的乐曲声中，婚礼司仪说："现在，请来宾欣赏新郎新娘相识的甜蜜片段。"台下掌声雷动。巨大的投影墙上，画面以四倍的速度切换，最后出现在众人眼前的是一段极其香艳的视频，视频里，林晟赤身裸体，女主人公却并非新娘。

没人能够控制得住那个骚乱场面，新娘扬起手扇了林晟几个响亮的耳光，哭着跑远。

趁着人群混乱，我走出了大厅，临走时，我回头望了一眼林晟，只见他捂着双颊，蹲在墙角，一副失魂落魄的狼狈相。

我终于负了他，我答应林晟我会离开他，永远，可我不甘心把他拱手送人，于是夏宇配合了我，在他家里，轻而易举用微型摄像头录下了我和林晟的最后一场欢情，我只是想让那个骄傲的女子知道，她不配和我争。

事情很容易操作，在婚礼司仪宣布婚礼开始之前，夏宇递给司仪这张光碟并一再嘱咐，这是新郎的成长足迹，一个意外惊喜。

离开才是解脱

我去找夏宇。他答应我的，只要我狠心和林晟做一了断，他会给我一场爱情。我是一个无爱不欢的女子，没有爱情的生活太过苍白，我渴望夏宇能用爱抚平我的伤口。

人群外，我看到了夏宇，他满目疼惜，身边站着伤心新娘。我在他们三尺开外驻足而立，清晰地听到夏宇对她说：“别哭，你还有我。”

那个瞬间，犹如被一盆凉水劈头盖脸浇注下来，我终于恍悟，夏宇所做的一切，并非为我，他喜欢的也并非是我，我只是他为了破坏一场婚礼而随意摆布的棋子而已。

心像被一团棉花堵住了，闷得厉害，又无从疏解。

一个小时后，我踏上了离开这座城市的列车。

物是人非事事休，对我来说，他是负心人，我是空心人。而我，只有离开才是解脱。

冷漠给了你，柔情给了他

我要的是你给不了的爱

康兆年失踪了。

安南坐在沙发上，他的眼神清晰地向我传达出一个讯息：这么多年，他日夜巴望着康兆年断胳膊断腿、失踪，甚至巴望着他死掉，现在，他的幻想成了真。

由于太过兴奋，削苹果时他的手指一直在颤抖，锋利的水果刀一滑，刀锋经过之处，鲜血滴落，我注意到他的脸颊微微抽搐，神色有异。他却笑了："没事，不疼。"

是的，不疼。曾经我对康兆年说过，世上所有的痛苦都不算疼，唯一疼的是他不要我。

安南也对我说过，只要我点头答应他，身体发肤的所有疼痛他都不惧。

我却只当他开玩笑，我怎么会爱上他呢？他能给我什么？父母留下来的那套房子？死水微澜的生活？不不，我要的是康兆年，是激情加爱情，是美酒香车钻石华服，安南给不了我这一切。

所以，我明确地告诉过安南，如果不想让我遁出他的视线，就必须遵守一个守则：我们是朋友，永远。

只有朋友才可以称得上“永远”二字。

那天安南答应得很爽快。我知道他刻意堆砌的笑容背后掩藏着说不出的痛，可我没办法，爱情不是施舍品，我不能把自己施舍给安南。而安南只要能隔三岔五看见我，他便欢喜。

我就像一只勇敢的飞蛾，朝着康兆年为我燃起的熊熊火焰一头扑进去。

光阴似水，爱情成灰。我等了很多年，康兆年的回答却一成不变：“我会同她谈，我会娶你，尽快。”

谁会想到，当我以死相逼时，康兆年竟然玩起了失踪的把戏。

满身伤痕

安南忙前忙后，为我收拾出一间屋子，花瓶里插上最新鲜的栀子，床品崭新，床头放着一只硕大的布袋熊。他用这种方式告诉我，只要我点头，他会给我一个家。

可我沉浸在对康兆年的想念中无法自抑。

我问安南：“假若你的爱人失踪了，你会怎么样？”

“等，原地等待。”安南看着我一字一句地说。他的眼睛里突然燃起的炙热，让我的心脏没来由地一阵慌乱。哗的一声我撕开了自己的上衣。

呈现在安南面前的我，满身伤痕，从胸开始一路向下，沟沟壑壑遍布暗红色的伤痕，尚未结痂的伤口，仿若一朵朵艳丽的罂粟花，在我的皮肤上魔鬼般招摇盛开，如此惨烈的画面快准狠地刺激了安南的眼睛。他捂住眼睛，嘶叫一声，然后咆哮着抓住我的肩膀。

“谁干的？谁？”

我凄惨一笑，将那些伤口一一指给他看。这些，是我向康兆年要婚姻而吵架时，康兆年赐给我的；这些，是康兆年妻子的杰作，那个女人人高马大，我不是对手……

安南怒火冲天。我抱着他的手臂哭了，很无助，很汹涌。在他面前，这是我第一次哭。从我成为孤儿的那天起，桀骜的个性使我坚强到不需要任何人的怜悯，我用冷硬的外壳包裹自己，即便面对安南的嘘寒问暖，我也只是淡淡地说：“我行。”

我所有的柔情都给了康兆年，所有的冷漠都给了安南。

或许爱情就是这样，爱一个人，就会不顾一切想和他在一起，不爱，便不能够强求。

安南要带我去医院，我拒绝了。我不愿把伤口暴露在陌生人面前。与我争执无果，安南闷声不响跑到诊所买来医用碘酒、绷带、纱布，埋下头帮我处理伤口。可我分明感受得到，他的指尖在颤抖，他的呼吸愈来愈凝重，终于，他撇下我呜呜地哭了。

“我想杀了那对狗男女。”

我将手放在他毛茸茸的头发上说：“我也想，你能帮我吗？”

爱，不能强求

爱到极致无所畏惧，可是杀人毕竟触犯刑律，安南会不会为我提刀杀人，我无从保证。

我说：“事情先放一放，我想等康兆年这个混蛋滚回来，等到他亲口对我说，我们以后桥归桥路归路，谁也不是谁的谁。或许那个时候，我会将心结放下。”

安南想了想，说：“也好。”

我每天窝在安南的家里，百无聊赖，颓丧到想死。听歌听到一半歇斯底里地哭着关掉，安南费尽心思做的饭菜，我只动动筷子。安南满目忧伤，苦口婆心地劝我吃点喝点，我只是沉默。他再劝，我就推开椅子站起来说：“我伤口疼，心也疼，我吃得下吗？吃得下吗？”

我冲进房间，从皮箱里拿出一把刀来，用手指摩挲着刀锋。刀子有点钝，但我告诉他，我要用这把刀子杀了那个女人，再杀康兆年，如果他胆敢回到这座城市。安南骂我疯了，他来抢刀子，争抢之间，刀子砰然落地，在清脆的碰撞声中我如一根绝望的藤，紧紧缠住了安南。

除了冷漠我从来没给过他什么，而现在，我们的唇紧紧吸附，原来与爱自己的男人亲吻，和与自己爱的男人亲吻，感觉居然如此不同。安南的吻带着迷离的生涩，带着疼惜，化解了我满腔的愤怒和悲伤。

我任由他将我一步一步带到他的床上去，任由他用牙齿咬掉我的衣扣，然后将头埋在我的双乳间，哭泣。

看来我是真的错了，我错失了安南对我的爱，天真地以为康兆年是我的天我的地，却一直忽略了发自肺腑爱着我的安南。我从小尝尽孤儿的疾苦。安南也好不到哪儿去，高二那年他的父母出车祸双双离世，从此，他守着父母留下的房子等遗产伶仃度日。

同病才能相依，我们同是天涯沦落人，上帝抛弃了我，也抛弃了他，我们的人生一样残缺一样无常。

安南宛若一头莽撞的兽，在我的挑逗下，骁勇异常。沉默对决，喘息也压到最低。我们用身体交换身体，用眼神交换眼神，到达巅峰的时候我咬住了安南的肩头，我战栗着身子问他：“你爱我吗？爱我吗？”

“爱。”他吐出这个字，重重地用身体包裹住我。然后，我感觉到液体从他的眼角滑落，打在我的脖颈上。

烫。很烫。

疯狂的举动

日子很阴霾，我当着安南的面磨那把刀子，每天，不厌其烦。其余时间除了吃饭睡觉，就是永无止境地做爱。仿佛只有性，才能缓解我心头的疼痛。

我不听安南的劝，说服不了自己。我不止一次在和他做爱的时候，幻想我上面的那张脸是康兆年，康兆年的鼻子，康兆年的眼睛，康兆年的嘴唇。最后一次，我甚至在激烈的性爱之巅喊出康兆年的名字，那个瞬间，安南顿了顿，然后从我身上颓然跌落。

安南把自己关进房间。我贴在门上听，听到他在床上翻来覆去的叹息声，以及重重的吸烟声。

后半夜，我站在窗前，深邃的夜空没有一颗星星，天很阴，我心里很难受。天快亮的时候我做出了一个决定。我敲开安南的房门说：“我带你去个地方。”

我带安南站在一栋华丽的大楼下，指着三单元六层的那个窗口告诉他："看见了吗，那就是康兆年的家，为了躲避我，他逃了，可他妻子在，她为什么比我幸福？她凭什么比我幸福？我要和那个女人同归于尽。"

我眼睛里的杀气吓坏了安南，他扬起手扇了我几个耳光，骂我："你疯了！我爱你，我爱你胜过爱我自己，难道这还不够吗？"

我没疯，安南才疯了。否则，他怎么会在这个午夜，揣着我磨得嚯嚯闪亮的刀子去了康兆年家？我不太清楚安南去和回的细节，因此无法为警方提供任何他们需要的呈堂证供。我割腕了，流了很多血，之后我拨打了 120，我不想死。

我要是死了，就真的见不到康兆年了。

爱到极致无所畏惧

康兆年办完妻子的后事，以最快的速度出手了那套房子，然后揣着所有家底带我远走高飞，在陌生的城市隐姓埋名，我与他，俨然一对烟火夫妻。

只有淹没在陌生的人群里，我和康兆年，才不会时时想起他无辜的妻子，以及更加无辜的安南。

对，你猜得没错，康兆年没有失踪，他只不过是躲了起来。我身上的伤口，与他，与他的妻子没有任何关系，所有的伤口，都是我用那把钝刀子一刀一刀割开的。我不怕疼，从小我就有自虐倾向。没有爱的人生，多点疼痛不算什么，况且，我是为了完完整整得到康兆年，这也算爱情投资。

康兆年的妻子拒绝离婚，于是她成了我奔向幸福生活的绊脚石。我向安南展示那些带血的伤口，我笃定安南爱我，见不得我受伤。

安南高二那年精神上受了严重的刺激，诱因是父母倒在血泊里的惨相，之后只要看见血，他就会精神失控。那晚我哭了很久，后来我吻了安南，我告诉他我受不了了，我的人生如此糟糕，死是唯一的解脱。趁他上卫生间的时候，我用刀片划破了自己的手腕，那把刀子被我磨得异常锋利，轻轻一下，便有血液汩汩流出来。鲜血迷离着，似一朵朵忧伤的花朵，在白色的瓷砖上蔓延，蔓延……

我成功地诱发了安南心底的那个疯魔，他站在一摊血前，愣怔片刻，夺过我手里的刀子，冲出门去。

他杀了那个女人。

他有病，不用以命抵命。我用这个理由为自己开脱罪名。

得到康兆年，幸福来得沉重且忧伤。异乡的夜浓得似一抹黑漆，我躲在康兆年的臂弯里，常常想起安南，那个为我拼命的男人，他还好吗？他恨不恨我的不告而别？他一个人的生活孤寂吗？

我甚至想起那些与他肌肤相亲的时刻，想起每一次他都会在高处微闭双眼说，我爱你，为了你，苦也愿意。

半年后，我实在忍不住联系了闺蜜，打探安南的消息。闺蜜说：“安南经法院判定属于健康人，被判死缓。”

我的心脏狠狠扯了一下，疼得七零八落。谁能想到，一个病得那么重的人居然会痊愈？而他冒死做的一切，只是为了一个根本不值得他爱的女人。

而我这辈子都无法逃脱这份爱的桎梏。

只是因为太爱你

绑架

美年被绑架了。

绑架她的人叫周舜，应聘到她的公司还不满一个月。一个月里，美年对周舜的了解仅仅止于他深邃的眼神，手臂上性感的腱子肉，以及他对工作细致入微的态度。

美年刚刚三十五岁，开着一家贸易公司。经历了婚姻的激情期与平淡期后，现在的她正处于婚姻疲惫期，有时候，美年会突然深深地叹口气，说不清是感叹消逝的年华还是老公顾星云在婚姻里的倦怠。

所以，当周舜将她带进那座烂尾楼的时候，她竟从骨子里感到了一丝激动。

就像一潭死水里突然掉进一颗石子，她渴望激起点涟漪。

涟漪很快来了。

周舜一反平日里斯文的样子，从裤兜里掏出一根尼龙绳子，用手抻了几下，三下五除二将美年绑到了墙角那把落满灰尘的椅子上，然后，又摸出一卷黑胶带，扯下一块贴在美年嘴巴上。

周舜给顾星云发了美年被绑起来的彩信，打电话时按了免提，他说："李美年现在在我手里，你最好立刻拿五十万来赎人，不要报警，否则，哼哼，就等着给你老婆收尸吧……"

没等周舜话音落地，顾星云就说："无聊！要钱是吧？我马上报警！"

周舜朝美年耸了耸肩，走过来，解开绳子，撕掉美年嘴巴上的黑胶带，一边揉着美年被绳子勒红的手臂，一边用嗔怪的语气说："你看，你这又是何苦呢？你老公他也太没人性了！"

美年的眼泪就在这时流了下来，汩汩的。周舜抬手去擦美年纵横的泪水，美年没有拒绝。

事与愿违

那个黄昏，美年没有拒绝周舜的第二件事是一场突如其来的性事。

女人绝望的时候往往会干一些离经叛道的事情，美年是真的绝望了，以前她埋怨顾星云对自己愈来愈冷淡，可她万万没想到，在她被人绑架，有可能命在旦夕的时候，顾星云居然冒着她被撕票的危险选择报警。

她不寒而栗。

顾星云不就是舍不得花钱嘛，美年狠狠地诅咒他：人在天堂，钱在银行。

骂完这句，她的嘴唇就被周舜堵住了，他一边热烈地吻她，一边动手解开了她的衣服，美年软软地说了句“不要”，可是周舜不给她说话的余地，再说她嘴上虽然说不要，身体却无法遏制地潮湿闷热。

美年将湿润的舌滑进周舜的嘴里，周舜嘴巴里淡淡的烟草味道让她浑身都战栗起来。她战栗着将自己贴向周舜，她觉得自己浑身滚烫滚烫的，急需一场甘霖。

烂尾楼里很静，静得只听得见两个人急切的喘息声，周舜把她抵在墙壁上，激情高涨的时候，美年觉得自己简直被撞得七零八落。最后的一刻，美年两只手紧紧攀着周舜的背脊，忘情地呻吟出了声。

她觉得，自己今天的决策太正确不过了。

绑架是美年一手策划的，周舜也是她自己物色的。当她说出自己的想法时，周舜一头雾水，美年笑了，说：“你没想到吧，其实女人有时候最缺的不是钱，而是安全感，我就是想试试我老公，看看他是不是还在乎我，紧张我。请你帮我这个忙行吗？”

好吧。周舜痛快地答应了美年。

美年只是没想到事与愿违。

那个傍晚的鱼水之欢稍纵即逝，美年一边整理自己的衣服，一边催周舜快走。

果然，在周舜离开十几分钟后，几个警察赶到了，一起来的还有顾星云，顾星云平静地问她：“没事吧？”

美年与顾星云对视了几秒，她想从这个男人眼睛里看出一些对她的担心，可是，没有。顾星云急切地看了下腕表说：“你跟警察讲讲事情经过，我有事先走。”

美年大吼一声：“没事！歹徒被你吓跑了，能有什么事？”

那晚美年甩给顾星云一个冷冷的背影。顾星云不会想到，美年的大脑已经完全被周舜充斥了，她想起周舜激情掠夺自己的样子，觉得刺激极了。

产生好感

周舜看美年的眼神变得愈加炽热。

而美年也承认自己对周舜有好感，特别是经过烂尾楼那一场天雷地火的性事，她更加喜欢他，觉得他比顾星云强多了，虽说事业上不及顾星云，可他关心她，会对她说一些贴心的话。而顾星云呢？过去热恋的时候美年没发现他的缺点，后来才发现，这个顾星云简直就是个终极闷骚男，还有很严重的下班沉默症。

顾星云开着一间心理诊疗所，生意尚可，最近几个月总是忙得脚打后脑勺，事实上，美年已经很久没享受到老公的爱抚了。

所以，她才想出那个歪招。

几天后，美年去外地谈生意带了周舜同行。生意很快谈妥，美年打算在这座沿海城市游览一番，生意伙伴乔先生义不容辞地陪同美年。那天下午，周舜说不舒服就留在宾馆的房间里。晚上，乔先生送美年回到宾馆，车子停在楼下，乔先生伸开双臂拥抱了一下美年，然后说再见。这时，从附近的树影里冲出一个人，照准乔先生的头就给了一闷棍。乔先生登时倒在了血泊里。

美年一看是周舜，脸色都吓白了:“你这是疯了？”

周舜扔掉手里的棍子，拍拍手:“谁让他打你的主意？我早看出他没安好心！”

美年哭笑不得。

好在乔先生的伤并无大碍，不过，周舜却被警方抓去拘留了半个月。

美年一个人回到公司的第十七天，中午去茶水间喝水，冷不丁地被人从背后抱住，她一惊，使劲去推，他却愈发把她抱紧。

他的呼吸喷在她的耳根，她听到他说：“我发现我爱上你了，怎么办？”

是周舜。

美年使出浑身力气推开他，她一字一句地对他说：“怎么可能，我是结了婚的人！”

“结了婚还可以离婚，”周舜倒是异常淡定，“难道你忘了那天，在烂尾楼？”

威胁

烂尾楼事件成了周舜拿住美年的一张王牌。他会在下班的时候等在美年的车旁，等她走过来就跑上去强吻她；他会要求美年去他住的地方，美年刚要拒绝，他就调大说话的分贝，吓得美年连连答应；他会在深夜打美年的手机，然后幽幽地传来一句：“你和他睡了？”

美年那个恨呀，可是没办法，要是不依他，周舜就会脖子一扬说：“你又忘了那次……”美年问他究竟要怎样，他说：“只要你离开他，跟我私奔。”

真是笑话，美年想，哪个女人愿意舍弃好不容易建立起来的安稳日子，去跟一个不着四六的人私奔？

那天，公司里的人都陆续下班离去，只剩下了美年自己。美年背起包准备走时，周舜不知从哪儿钻了出来，他诚挚地说：“对不起，我知道我不该给你添这么多麻烦，如果你真的不愿意就算了，不过你得答应我一个条件。”

美年如释重负，问：“啥条件我都答应你，你要钱？要多少？只要你不再纠缠我，多少都行。”

周舜叹了口气：“你以为钱是万能的？我只要求你跟我去烂尾楼待一会儿，就一会儿，然后明天我就从你公司辞职，永远不再骚扰你。”

看他说得认真，美年想了想，答应了。

让她始料未及的是，一到烂尾楼，周舜就将手邪恶地伸进她的内衣里，他喃喃道：“再给我最后一次？”

美年的身体又无法遏制地潮湿了。她闭着眼睛，任凭周舜将自己抵在角落。他就像一个骁勇的战士，在战火燃起的时候愈加威力无比，顺势也燃烧了美年。

她万万没想到，完事后，周舜居然掏出了一根绳子，并且，将她五花大绑起来，绑好后，他问她：“你愿意跟我私奔吗？如果愿意，咱们现在就走。”

美年当然说，不。周舜的眼睛里滑过一丝绝望，然后，他带她上了楼顶的天台。

她愤怒地冲他喊："疯子，你要干吗？"

周舜慢悠悠地说："别怕，这次咱们不要顾星云的钱，我要你答应跟我走，随便哪里。当然，顾星云一定巴不得你离开他。"

你愿和我私奔吗

顾星云赶到烂尾楼的时候，大厦下面已经围了密密麻麻的人。过了一会儿，特警也赶到了，他们将枪支架起来，对着天台的方向。美年的双腿在发抖，她求周舜放开他，周舜惨笑一声："和我私奔好不好？"

美年哭了，她还不想死，她还没有孩子，没有孩子的人生是不完整的，她想活着。

警察用对讲机在喊话，大意是让周舜投案，否则后果自负。

周舜指着楼下的顾星云声嘶力竭地喊道："顾星云，左小丹，你们两个狗男女，我成全你们！"然后，他呜呜地哭了，"可是，谁来成全我？"

美年这才注意到顾星云身边有个长卷发女人，只听周舜低声喃喃道："你老公抢走了我的女友，我本来是想报复他的，可是，我是真的爱你，我爱你李美年！”

美年的心被愤怒和心痛占据了，她愤怒顾星云早已背叛了自己，又心痛周舜对自己做的一切都是事出有因，而他还说爱她！

一个女人绝望的时候是真的什么离经叛道的事情都做得出来，此刻的美年，只想去一个安静的地方，或许，天堂里没有爱恨情仇吧。

她的眼前甚至出现了一个画面，那是她嫁给顾星云的那天，婚礼上，顾星云信誓旦旦地对她说：“我会爱你一辈子，永远不会背叛你。”可是现在，所有的誓言都变成了谎言，她觉得人生真是充满了讽刺。

这样想着，她向前迈了两步，楼下的人群骚乱了。

当她迈第三步的时候，周舜一把将她打横抱在怀里，喊“不要！”紧接着，她听到砰的一声，她和周舜一起倒在天台上。

特警的子弹穿透了周舜的身体，他合上眼睛之前，费力地扯动唇角，问美年：“你真的就没爱过我？”

后来美年终于了解了事情的真相，原来，周舜患有轻微的间歇性精神病，女友左小丹不堪其扰带他去顾星云的诊所诊治，然后认识了顾星云并投进他的怀抱。

很多年以后，美年都不敢从烂尾楼经过，她总觉得周舜就站在楼顶，笑着问她：“你愿意跟我私奔吗？”

第三辑 爱与恨，总是阴差阳错

婚姻如人饮水冷暖自知，
生活失去新鲜感，
柴米油盐酱醋茶让人觉得厌憎。
所有的恨与爱，
其实都是一场阴差阳错。

大难临头各自飞

约定

那天，林巧打来电话，声音有点沙哑有点疲惫：“你还记得咱们的约定吗？我来找你了。”

前一句让李贤智冰封的记忆瞬间解冻，后一句让他差点摔倒。缓缓神，他打着哈哈说：“当然，记得记得。”

男人撒起谎来真是面不改色心不跳，事实上，三年，一千多个日日夜夜，早已物是人非，他汗颜，要不是她提醒，他早已把她忘到了爪哇国。

三年前，李贤智和林巧的恋爱遭到林巧父亲的极力反对，理由是他太穷了，穷得连一套结婚的房子都没有，在林巧割腕自杀被抢救过来之后，她看到他满眼爱和怜惜，听到他誓言铮铮：给我三年时间，三年后我证明给你看，我不是个没出息的男人。

林巧淌着眼泪笑着点头，她拽着他的衣角颤声说：“我会等你到那一天。”

李贤智狠狠地吻了她，然后大步离开。

他们约定等对方三年，三年里，不能对别的异性有非分之想，她的心里只能有他一个男人，而他，多看别的女人一眼都要受到良心的谴责。

为了证明爱的坚贞，他们还约定，三年期限未满之前，一个电话也不要打。“人在做，天在看，真正的感情经得住磨砺。”李贤智应诺。

听起来很美好，而事实却是，李贤智来深圳半年不到，就有了路柳墙花。他承认自己对林巧不忠，可是，年轻蓬勃的身体，怎耐得住寂寥长夜，怎挡得住美人袭怀？

他只是个俗人，有俗人的七情六欲，而林巧，远水解不了近渴。

猜想

偏僻的小旅馆，李贤智推门看到林巧的第一眼，不由惊诧。她怎么这么憔悴，长发散乱着披在肩头，脸色看起来也不太好。他正思忖着，她就像蝴蝶一样向他扑了过来。

他有些闪躲，然后，才张开双臂迎接了林巧，毕竟，他们曾要死要活地爱过，她又跑这么远来找她，无论是出于人性还是道义，他都不能把事情做绝。

他们坐在沙发上，中间隔着小茶几，他打量她。忽略她憔悴的面容，她还是那么美，褪去几分青涩，多出几分风情。他的手机在这时嗡嗡震鸣，他看了眼，是雪薇的短信：“在哪儿？有事见面说，今晚！”

他心虚，胡乱将手机关掉，抬眼，林巧热辣的眼神盯牢他：“你过得好吧？”

李贤智装作一副落魄的样子，掸掉长长一截烟灰：“不好。”

他怎么会不好呢？生就一副好皮囊，刚来到深圳就有女人向他投怀送抱，雪薇是第几个，他掰着手指都数不清，目前他正和雪薇打得火热，雪薇可以给他一切，包括男人想要的柔情和光明“钱”途。

可是，该怎么打发林巧呢？如何让她主动放弃，绝望而归？

林巧朝他粲然一笑，扭进了浴室。他百般纠结地躺倒在床上，却被林巧衣服下面的包硌了一下，他打开林巧的包，一本褐色封皮的日记本呈现眼前。他好奇，随手翻开，然后他被镇到了。

3月4日，我想杀了他。虽然杀人者抵命，但我不能想那么多了，何况，他与我本无血缘关系。

3与9日，想杀他的念头愈来愈强烈，要怎么下手呢？得想个万无一失的办法……

白纸黑字，惊出了李贤智满头淋漓大汗。他眼前浮现一个惊悚画面，画面里，林巧举着一把锋利尖刀刺向她的父亲，那个男人睁着一双惊恐的眼睛缓缓倒在血泊里……

林巧浑身湿漉漉地从浴室出来时，李贤智正心跳凌乱。

林巧走过来，将弹性很好的胸贴向他，他的身体无法自控地异样了。他发现，她的腰还是那么细，臀比以前饱满多了，颈子细滑。刚刚沐浴过的皮肤又潮又湿，宛如丝绸般顺滑，他听到她在自己耳边呓语："来，快点。"

原本，分别整整三年的爱人，能够一解相思之愁的唯一途径，非一场酣畅淋漓的床上厮杀莫属，可那本日记令李贤智全然没有欲望，刚刚蓬勃的身体莫名地就颓了。他推开林巧，借口公司有十万火急的事情，必须马上去处理。他替她盖好被子，温存地抱抱她说："乖，就在这里等我，我办完事情马上回来。"

林巧看着他，眼神闪躲，这更加肯定了他的猜想。

日记

走出小旅馆的大门，被风一吹，李贤智的脑袋清醒多了，他想，自己目前必须干一件正确的事情。这件事情很重要，处理得当，他不仅能顺利摆脱林巧，还可以理直气壮地与三年之约说拜拜，并且顺理成章地与雪薇好下去，得到自己想要的一切。

这些，全要拜那本日记所赐。

他裹紧衣服，那本日记现在就被他揣在怀里，仿佛一枚隐形炸弹，只等他安全引爆。

李贤智找了个黑网吧，挑角落坐下，掏出那本日记，从头到尾仔细看了一遍。日记写得并不多，但每一句都很纠结，句句都让他毛骨悚然。

2月13日，就这样死过去吧，活着还有什么意义。该死的老男人喝醉了酒，夺去了我的清白，我没脸再去见自己的爱人。可是我死了，岂不便宜了老东西！

他用一只手撑住脑袋，愤怒在胸腔里猛烈滋生。他终于明白了，林巧之所以对她父亲下毒手，原因在这里。他想起自己和林巧相处的时候，林巧的父亲，喔，不，其实是她的继父，曾千般万般阻挠他，那个财大气粗的老男人当着林巧的面骂他癞蛤蟆想吃天鹅肉。他是窝囊，可他真心爱林巧，他们十九岁相爱，爱了整整五年，却因为老男人的阻挠，不得不订下三年之约。

他燃了支烟，眼前又浮现出林巧憔悴的面容、闪躲的眼神。

他突然觉得林巧很可怜，她是那么爱自己，爱到愿意为了他不惜杀人。一想到手无缚鸡之力的她浑身颤抖着举起屠刀，他的心就不禁一颤。

爱是一剂毒药，爱上一个人，如同染上难以根治的毒。林巧的灾难不止于爱，还在于她现在爱的男人——李贤智——已经移情别恋，而她还蒙在鼓里。

最后一篇日记字迹潦草，显然，林巧已动手了，她写道：

终于解脱了，如果今日的荒唐能够换来和爱人短暂的相聚，我想，我值得。

他打开网页，在北方那座熟悉的城市的新闻网站上，搜到了一则新闻：继女因家事将抚育自己多年的继父毒死，嫌疑人潜逃，警方正全力缉拿凶手。

李贤智掐掉烟，关掉网页，起身，有种如释重负的感觉，胸口同时又闷得慌。

无法疏解的闷。

报案

天已擦黑，李贤智这才想起了雪薇，她说有急事要见面说，莫非她同意嫁给他？要知道，他追雪薇已经追了半年，要不是看在她家财万贯，家族企业能给自己一个飞黄腾达的机会，他怎么会在她身上耗费如此长的时日？

那是一个尽兴的夜，雪薇像藤一样紧紧缠着他，一次又一次，最后一次做完她哭了，涕泪横流地一边吻着他，一边说："对不起，我爱你，可是门不当户不对的婚姻是得不到父母祝福的，我已经同意了家里安排的婚事。"

犹如被一盆冷水兜头浇下。李贤智愣怔当地，然后，摔门离开。

他很愤怒，甚至把霉运归罪到林巧头上，他猜测，会不会是雪薇发现了什么？她在这座城市熟人很多，难道有人看见他去了那家小旅馆，通知了雪薇，她是在考验他？

他想，等办完正事，他一定会向雪薇解释清楚，然后重获芳心。

他走在凌晨微凉的风里，不知走了多久，天边渐渐露出晨曦，街头已有晨练的老人在抖空竹。他定了定神，拽了拽衣领，朝派出所走去。

三年前林巧说过，人在做，天在看。现在他的劈腿已遭报应。已经坏到如此地步，也绝不可能更坏了，他决定，不做包庇犯，否则，等待他的说不定会是法律的制裁。

他把带着体温的日记本交给值班民警，一板一眼地解释道，他知道这个女逃犯在哪儿，现在就带他们去抓获犯人归案。民警仔细查看了日记内容，又和案发城市派出所迅速取得联系，经过案件确认，他们让李贤智带路，李贤智低声说："我不想露面，不希望见到那个女人。"

他不敢见林巧，不敢。

误会

李贤智远远地躲在树后，眼睁睁地看着林巧被荷枪实弹的民警押上警车，她的长发更加凌乱了，面色也愈加憔悴，她左右顾盼，他知道她是在人群里找他，有那么一瞬间，他的心有点疼。

在最不懂爱的年纪，他爱过她，她或许更爱他，否则，她不会在十九岁的时候，就把自己完全交付与他，否则，她也不会因为家里的阻挠，而把自己逼上绝路。

爱有时的确会蒙蔽人心。

警车呼啸远去，在车后扬起的乳白色灰尘中，李贤智像个傻子一样站了好半天，一动不动。然后，他随便走进一家酒馆，要了两瓶烧酒，一盘冷拼，开始灌酒。

他必须喝醉一场，才能忘掉些什么。

下午三点，李贤智的手机响了，对方让他快速赶到派出所。他醉眼迷离赶到派出所办案大厅，却看到林巧好好地坐在那里，民警不住地点头哈腰向她道歉。

什么状况？李贤智有点懵。

中年民警不客气地说："因为你报假案，我们才冤枉了好人，那本日记是这位女士捡的，快向她道歉吧。"

他看向林巧，林巧的眼睛像两把锋利的刀子，正刺向他。

街头人潮汹涌，林巧淡淡说："我父母同意咱们的婚事了，还买好了房子，让我找你回去，现在看来，没必要了。"

她在他的视线中愈走愈远，淹没在人群中，再也找不见。

李贤智顿时酒醒，蹲下身，一阵钝痛自心脏袭来。

爱与恨，总是阴差阳错

协议

抵达沈阳的第二十八天，我与唐力达成一项协议：只要我把林爱带走，他就给我十万。

唐力胡须茂盛，眼神呆滞，颓败的样子吓住了我，他重重吞下一口烟，将一张银行卡按在我手心："哥们儿，只有你能帮我。"

这是怎么回事？一个是我曾经最好的朋友唐力，一个是我的初恋女友林爱，现在，他要把当初从我身边夺去的女人送还给我，还附带一张银行卡。

这家伙是不是拿我开涮？说实话，我有点懵，以为这世界疯了，或者，唐力疯了。

再说，他凭什么以为他不要的女人我就会要，我又不是圣母。

可是唐力言辞异常恳切，他说他一直以为他爱林爱，现在才知道当初不过是为了争夺时的快意，现在，他疾病缠身，却爱上另外一个贤良淑德的女人，那女人和他是病友，她妩媚多情，他爱她，爱得无法自拔。

他们相爱，并且约定一起死。

“只要你能让林爱心甘情愿跟你走，去很远的地方，永不回来，这些钱，算我给你的补偿。”

我抚摸着那张薄薄的银行卡，唐力说里面有五万，事成之后他会再打进去五万。

这件事至少说明，我一直嫉妒，整天巴望着天上掉块石头砸死他的这个男人，这几年过得比我好。他除了有林爱，还有数不清的路柳墙花，他甚至有很多钱，能用钱将一个女人占为己有，也能用钱让那个女人滚蛋。

我不知道如果林爱听到这番谈话，会不会吐血而亡，会不会将唾沫吐到我或者唐力的脸上，顺便飙上一句，不要脸。

一定会的，我猜。

我告诉唐力，给我时间，容我考虑。

旧爱重拾

林爱还是那么美，除眉宇间些微的忧郁，岁月并没有在她的脸上留下任何痕迹，相反，褪去几分青涩，多出几分风情，她的腰很细，臀很饱满，颈子细滑。

我想象着她皮肤的触感，一定宛若丝绸般顺滑，她的胸脯一定非常有弹性，我的眼睛甚至一件件剥开她的衣服，探到最里面，肆意妄为。

她迎着我火辣的眼睛，眼神闪躲："这几年，你过得好吧？"

我捋掉长长一截烟灰："不好。"

事实上，在遇见唐力之前，我过得真的不好。我以为失去林爱，自己会爱上别的女人，可是当辗转过三五个女人之后我才发现，内心深处，我仍然想念林爱，仍然对她不死心。那种感觉就像明明到手了一块蜜糖，却被别人抢去含进嘴里，自己只能眼睁睁地看着却无能为力。

于是我接受了唐力的提议，并在他的帮助下，偶遇林爱。

林爱先是惊诧，继而笑了。她的笑很好看，如一缕漾着暖意的春风，拂过我的心头，痒痒的。

我邀她走进巷子深处僻静的茶馆，点了两杯雀舌，袅袅的蒸汽濡湿了我的眼眶，我问她："我们还有可能吗？"

"没有。"她的回答很坚决。

女人就是决绝，当她不爱一个男人时，心就会硬成一块冰。我想起五年前的最后一面，那天，天冷得异常，有零星的雪花从阴霾的天空坠落，林爱躲在我怀里跟我发誓，谁变心，谁就死无葬身之地。

我当时很感动，用唇堵住了她的唇。可是发过誓的第三天，她就跟唐力跑了。

这就是我的爱情，有始没有终，未曾盛开就已枯萎。

旧爱重拾是恩宠。

况且，我和唐力有约在先，再加上我真的想和林爱重叙旧缘，所以，我打开包，掏出一沓照片铺在林爱面前。林爱的眼睛瞬间直了，她手指颤抖着翻看那些照片，眼泪漫无边际地涌出来，很汹涌，我从未见过那么多的泪水从一个人的眼窝里流出来。

所有的照片都很香艳，照片里唐力搂着一个风骚的女人，亲吻、抚摸、重叠，赤裸裸的镜头显然刺激了林爱，她战栗着将照片推给我，眼神瞬间空洞，她说:“陈子洛，我们去哪儿？”

往事难忘

宾馆的暖气开得很足，林爱的泪水早已干涸，她拿过我的烟点了一支，呛得连声咳嗽。我劝她，为这样的男人伤心，不值。

林爱不说话，扔掉烟蒂，鱼一样滑进我怀里。她沉默着，扑腾起白色的浪花，那些浪花狠狠打在我身上，让我雀跃，欢喜，骁勇异常。我将她用力揉进我的身体里，那一刻，我真想死去。

沉默对决，喘息也压到很低。我想起了一些回忆的碎片。那些碎片里，林爱穿着白色的纯棉裙子，像一朵清新的荷花，攫取了我柔软的心。我们爱得死去活来，曾经我问过林爱："你会不会嫌弃我家境不好，不能给你想要的荣华富贵？"

林爱骂我傻瓜，她说，她爱的是我这个人，不是钱。

可是人人都说，女人都是物质的，没有哪个女人会看上一个只有爱、没有钱的傻瓜。

后来，林爱的母亲生病，手术需要十几万，林爱天天哭，我看着她肝肠寸断的样子，却无能为力。喝酒的时候，我将林爱的事情告诉了最好的哥们儿唐力。我真蠢，明明知道唐力对林爱也有那么点意思，只是碍于我们的关系，他才不敢去接近林爱。

然后，事情变得无法掌控。唐力替林爱母亲交了所有的医疗费，他的条件是，他要林爱。当他向我摊牌的时候，我沉默了，像一头困兽，找不到出路。

是我亲手将林爱推进了唐力的怀抱，我不是男人。

可是，谁让我爱她，爱一个人，就是让她幸福，我要林爱幸福。

宾馆的壁灯昏黄摇曳，我们像两条坚韧的藤一样紧紧缠在一起。后来，林爱甚至将湿润的舌滑进我的嘴里，她浑身滚烫滚烫的，不停地向我索要，似乎要将我的身体掏空才罢休。

走出宾馆时，阳光明晃晃地射过来，我说："走吧，离开沈阳，我们去另外的城市安家落户，生孩子，过日子。”

我以为林爱不会出尔反尔，半个小时前，她明明已经答应跟我走，可是转眼，她却犹豫起来，她说：“不，不，不。我不能放下唐力，他是我的救命恩人。”

钱，不是万能的

我几乎使尽了蛮力，才将林爱弄回我临时租的房子。

自从进了门，她就一直在哭，哭得我心乱如麻。我吻了一下她的脸颊说：“要不，我陪你，我们去见唐力一面。”

我跟在林爱身后，穿过逼仄的弄堂，找到唐力住的地方。敲开门，唐力居然还在。他正在收拾行李，看来，只要我们晚来一步，唐力就会玩失踪。

林爱扑上去，歇斯底里地缠住唐力，在他肩膀上啃、咬，泪水稀里哗啦。唐力也不躲闪，就那样任着她撒野，然后将求救的眼神抛向我。

我无动于衷。

我看着林爱双手吊在唐力的脖颈上，看着她泪流满面地去吻他的嘴唇，心里很难受。于是我起身，去了储物室。储物室里乱七八糟，我翻找了半天，才找到一根结实的麻绳。我甚至用之前演习过无数次的手法，做了一个活套。

就在林爱和唐力吻得天崩地裂的时候，我用那条麻绳束缚了唐力。

他们的嘴唇终于分开。唐力颓败地垂下双手，坐在地上。林爱不明所以地看着我，颤抖着声音问我："陈子洛，你疯了？"

"我没疯。"我冷冷地回答，"这世界，善有善报，恶有恶报，犯了法，就要伏法。唐力，不要逃了，来不及了。"

说完这句，我清晰地看见一抹绝望从唐力的眼睛一闪而过。他喃喃道："你是为了那三万块悬赏吗？我可以给你更多。"

我轻蔑地从兜里掏出那张银行卡，将卡扔到唐力脸上："钱，不是万能的。"

是的，没有人知道，失去亲人的感觉有多痛苦。

我无法恨你

五年前，唐力与林爱私奔的前夜，在我们住的那座小城，发生了一起命案。

那是个湿漉漉的雨夜，杀了人的唐力，带着我爱的女人林爱，从此销声匿迹。死者是我的弟弟。那个雨夜，我喝醉了，在家里耍酒疯，弟弟安慰我说去找林爱，一定把林爱给我带回来。或许他以为，爱过的人会心存善念，林爱会回心转意。

后来发生了什么我不知道，或许是言语不和发生争执，或许是他想凭借暴力将林爱带到我身边。

我只知道，当我冒着大雨找到弟弟的时候，他已经奄奄一息，他的胸口插着一把匕首，他用仅存的力气说了一句:“你真的爱她吗？”

我来不及回答，眼睁睁看着他阖上双眼。当时的我心碎如刀割。

大雨冲刷了必要的证据，唯一的目击者也没看清罪犯的模样。而唐力与林爱，自以为神不知鬼不觉，在那个雨夜，离我而去。

我开始流离失所。我走遍每一座城市，寻找唐力。公安局贴出了对唐力的通缉令。愤怒在我的胸腔里日复一日愈演愈烈，我不信，天网恢恢，他能逃到天边。

沈阳是我抵达的第二十八座城市，当我啃着馒头，走出火车站广场的时候，我看见了唐力。他笑了，那笑带着一些疲倦。

“你终于来了。”

然后，在我得知他会自首，我能够重新拥有林爱的时候，我同意了他的提议。

衣不如新，人不如旧，男人对旧爱都会有割舍不断的感情。我同样。

我用绳子将唐力捆得很结实。

唐力的眼神黯淡下来，又似乎有了一些神采。他说：“哥们儿，对不起。”

说什么对不起呢，我随手扯过一条枕巾，塞住了他的嘴巴。然后，我摸出手机，准备拨打 110。

就在这个时候，我只觉得脑门一热，似乎有千钧之力向我的脑袋压过来，我就像一条面口袋一样，软软倒了下去。

林爱蹲在我面前，手里举着一根很粗的木棒，说出了一个天大的秘密：“五年前的凶手是我，唐力为了救我，每天担惊受怕，陪我浪迹天涯，没想到还是被你找到了。”

我终于知道，唐力跟我说的全是谎言。可是，我居然无力恨他，或者她了。

一个男人，肯为一个女人抵罪，将命赔上，这需要多么深的爱。

我头疼欲裂，眼睁睁看着林爱手忙脚乱给唐力松绑，看着他们提起装满衣物的箱子，从我身边走过去，搀扶着离开。

这是我的第二十八座城，也是最后一座城，我数着 1，2，3……28，疲惫地叹出一口气。

你，只能属于我

第五个男人

苏桃站在我面前，精致的妆容被她双手叉腰的母狮子形象毁得一干二净，没等我回过神，一沓印刷品朝我劈头盖脸摔过来："张粼，你干的好事！离婚就离婚，用这些下三烂的手段搞臭我，你还要不要脸？"

薇敏听到吵闹，从卧室走出来，娇滴滴地让我帮她扣上文胸搭扣，又扭着肥臀进去穿衣服。再出来，踮起脚在我嘴唇上"叭"一个响吻："亲爱的，我走啦。"

苏桃愣了一下，她可能没想到我屋里会有女人，薇敏的出现显然打击了她撒泼的力度，她的声音顿时低下去好几个分贝，质问我："是不是你干的？"

我弯下腰捡起其中一张，看完，愣了几秒，然后捧腹大笑。手里的A4纸用一号新宋体打印着一段话：

苏桃你究竟想怎样？为了和你在一起我背上了抛妻弃子的骂

名，可你跟我颠鸾倒凤才一月有余，又搭上了一个贱男，他有什么好？比我有钱？他能容忍你嚣张跋扈的个性？他一晚上能和你做三次？你这个狐狸精害惨了老子！

苏桃的第五个男人

白纸黑字，字字怨恨。从其字面意思，我睿智地分析，这个被苏桃玩过又甩了的男人，因为迷恋苏桃天使的面孔魔鬼的身体，极不甘心苏桃投入他人怀抱，数次纠缠无果，便用此无赖手段发泄胸中怨怼以求心理平衡。

我笑得停不下来，直到苏桃用一声尖利的怒喝打断我。我这才耸耸肩，用极其无辜的语气斩钉截铁地告诉她：一，这事与我无关，爱找谁闹就找谁闹去；二，我和你离婚了，目前新的恋情如火如荼，请不要坏我好事。

我打开门请她出去，苏桃突然就哭了。

越滚越远

我最怕女人哭，特别是苏桃，哭起来梨花带雨让我心疼。我给她倒了杯水让她坐下，然后听她讲述了事情的来龙去脉。

她说，一大早她准备去她的服装店开门营业，可一下楼就察觉好多人在朝她指指点点，没等她多想，她的耳朵里飘过来一个尖细的声音:“哇，第五个男人啊，平时看起来挺正经的，没想到是个骚货，大家都留神点把自家男人看紧别让这狐狸精给祸害了……”

苏桃一扭头看到楼房的外墙上，零散地贴着一些白得晃眼的告示，小区另外几栋楼也同样，全是第五个男人的控诉。她顿时浑身筛糠般颤抖起来，厚着脸皮在小区里搜寻，直到把所有的告示都撕了下来。她认定干这种没皮没脸的事情的人非我莫属，于是跑到我这里来闹。

我指着自己的鼻子问她:“苏桃，在你眼里我就这么混蛋吗？我是混蛋过不假，但也不能代表我一辈子就是个人渣！”

苏桃见我义愤填膺，止住了哭泣，问我:“既然不是你，你说会是谁？我又没招谁惹谁，他干吗要坏我名声？”

她那两片性感诱人的红唇在我面前翕合，风情万种。我将目光停留在她鼓胀的胸部，身体某处即刻胀硬，酸溜溜地说:“咱俩离婚后，你都和谁在一起了？”

苏桃缄默了，她是无话可说。

和我离婚后，她一天都饥渴不得，没过多久就和一个大她八岁的男人交往上了。那个男人住火车南站附近，是个开茶馆的小老板，每天开着一辆二手别克去服装店接苏桃吃饭或者泡吧。苏桃见了他，眼角眉梢都是风情。每次跟踪到最后，总能看见小老板跟着苏桃走进 14 栋的楼道，我只好咬牙切齿恨恨而归。

贱人！一想起苏桃和那个男人重叠在一起亢奋激昂互相攻占，我就妒火中烧。我将她猛然压倒在沙发上，她拼了命挣扎，茶几上的烟灰缸被她一脚踢到地上发出响亮的碎裂声犹如协奏曲。

不得不承认，我和苏桃在性事上的确磨合得极佳，可惜我这个提不上台面的货色有了她还不够，又三番五次地在外面偷腥。最后一次被苏桃抓奸在床之后，她静静地看着裸着身子的我和我的野女人，淡定地说了句："张粼，我们走到头了，我无法和一个混蛋继续过下去。"

那是她第一次叫我混蛋。

生活把人磨得越来越圆，是为了让我们滚得更远。因为苏桃对我下的混蛋的定义，我果断地滚出了她的世界。失去她，我会得到更多的女人，这未尝不是好事。

寻求真相

苏桃隔了一周再次来找我时，我刚刚和薇敏结束了一场高质量的床上运动。苏桃这次没再撒泼，等薇敏走后她愁容满面地拿出一沓纸，说又有人骚扰她，她快要疯了。

我一看，这是第六个男人声情并茂的控诉：

苏桃，我爱你，我用我的生命和我强健的身体爱你。不管你以前有过多少男人，我愿意成为最后一个。可你太伤我心了，你怎么能和那个才十八岁的男人上床？他算男人吗？他懂不懂你的兴奋点在哪儿？他会不会缴枪太快？是你教会他做爱的吧？你怎能这么不知羞耻！

苏桃的第六个男人

我一直认为苏桃很良家妇女，回想起，和我结婚的那几年里，她是那么热衷于做一个整天围着锅台转的主妇，就连晚上亲密大多也是由我发起，起先她是生涩的，后来在我的启发下才渐渐熟谙男女情事。不过，她太保守了，不懂男人出去尝个鲜再寻常不过，完全没必要较真。可她就较真了，她的理由是：一个良家妇女怎能和一个混蛋相得益彰过一辈子！

现在看来，当初的良家妇女在离开我的一年里已经发生了脱胎换骨的蜕变，从我所知道的她的第五个和第六个男人的控诉看来，苏桃完全可以被贴上表面贤德内心放荡的标签，而且，她的男人已经不止六个了，这让我敬佩且嫉妒。

我色迷迷地看着她胸前裸露的一小片春色，打趣道：“你行啊，老婆，老少齐上，口味不轻嘛。”

苏桃顿了一下："你喊我什么？老婆？"

我也愣了一下，离婚这么久，还是习惯喊她老婆。我又开始臆想，假如我能安守婚姻不去拈花惹草，假如我们不曾离婚，现在该是多么琴瑟和鸣的一对。

苏桃打断了我的臆想，用乞求的口气跟我说："你能不能，帮我抓到贴告示的人？我没有那么多男人，我怀疑这是谁的恶作剧，我已经快要疯了，一个女人出门就被人戳脊梁骨骂荡妇的日子真不是人过的，你帮帮我好不好？"

我灵光一现，恬不知耻地跟她提条件："如果我抓到了那个人，你得补偿我。"

苏桃涨红着脸骂我："你还要不要脸？真混蛋啊，张粼，你个死性难改……"

我用唇堵住了她下面的脏话，她在我怀中大力扭动挣扎，然后像只受惊的灵猫一样逃出了我的魔掌。她在出门的一刹那，回头冲我喊："我答应你！"

因为爱情

我在苏桃楼下蹲守七天，可是根本没什么男人出现。第八天我有点气馁，才十二点就打算打道回府。这时，一辆白色的车“嘎”一声停在离我不远处。借着昏黄的路灯我看清了，从车上下来搂着苏桃的男人是茶馆老板，他们相拥着上楼，然后我看见苏桃家的灯亮了又灭了。

他们在做爱吗？愤怒充斥了我的胸腔，我冲过去准备上楼敲门，忽然旁边闪出一个黑影，鬼鬼祟祟地往墙上贴东西。我大喝一声朝黑影扑过去扭打在一起，没想到突然冒出来四五个人，他们一通拳打脚踢惹来了小区的保安和看热闹的邻居后一哄而散，而我终因寡不敌众倒在血泊里。

苏桃在这个晚上再次成了舆论的焦点。那几个男人贴在小区各处的告示香艳地写道：

苏桃姐，我一直以为我把自己的第一次给你，就会和你白头到老，没想到你夺走了我的处男身后这么快又有了别的男人，你怎么能这样欺骗一个爱你的小男人？我无法想象你成熟如一枚秋果的身体在别的男人身下摇曳生姿，你爱他吗？你不是说过你爱我的吗？是嫌我满足不了你的情欲吗？

苏桃的第七个男人

所有人都在欷歔，“贱货，娼妇，不要脸”各种污言秽语狠狠地砸向苏桃，茶馆老板扬手扇了苏桃一个响亮的耳光，决然离开，转身前留下一句：“你这么风骚，我可不敢娶你做老婆。”

苏桃像个木桩一样在原地站立良久，泪水，终于顺着她漂亮的脸颊流淌下来。她蹲下身子扶起我，在围观者的窃窃私语中将我扶上楼。

漫长的一夜，苏桃一直在哭泣，我坐在她身边，抽了很多烟。

天边亮起晨曦时，她问我：“我现在名声坏了，张鄰，你敢要我吗？”

我摁灭烟头：“除了杀人，我啥不敢？”

她再一次哭了：“那就带我离开这个鬼地方，我和你复婚。”

这个世上再没有比我更无耻的男人了，苏桃所遭遇的一切全是我的杰作，贴告示，和薇敏搞暧昧，找熟识的混混暴打自己，都是为了把戏演得更逼真。

理由只有一个，我爱她。

她因为我是一个混蛋而离开我，可我在离婚后突然良心觉醒，不想再做一个混吃等死的混蛋了。我觉得正常人的生活很美好。

我爱她，却只有把她变成一个人人不齿的荡妇，让她走投无路，才能重新拥有她，重新去爱她。

我是不是有点混蛋？

爱为局，情作饵

朋友有难

翁珊珊长得并不好看，而且胸小得可怜，据我目测，B 罩杯都不一定能撑满。唯一的亮点是一双水汪汪的大眼睛和网络上流行的锥子脸。

可她却丝毫没有自知之明，甚至狐媚得有点骚，将半个身子挂在陶立身上，一副花痴相。我刚踏进包间，她就花蝴蝶一样朝我飞过来，一口一个张哥地叫。

我很奇怪，我跟她熟吗？后来觥筹交错了半晚我才洞悉其中缘由。陶立用被酒精腌大了的舌头跟我提贷款的事，他说："你一个堂堂信贷科主任，三百万还不是小菜一碟，可哥们儿没这笔钱，轻则断腿重则要命啊。"

陶立的眼睛里是我从未见识过的谄媚。

这让我很受用。旁边翁珊珊的脸上也堆满了谄媚的笑容，同时她还将低胸衣向下拉了拉，她那并不饱满的胸在钢圈胸罩的作用下居然还挤出了一条浅浅的乳沟。

我差点喷出一口酒来，因为我想起了一句话：挤挤还是有的。

我知道，陶立这两年放弃公务员的铁饭碗而去做了一个包工头，刚开始赚了不少钱，后来收购了一栋烂尾楼，横财没发，施工倒出了事故，搭进去几条人命，赔得倾家荡产。

判断一个男人混得好坏，只要看他身边的女人即可。想当初陶立把谁都不放眼里的时候，他身边美女如云，如今混得不行，美女相继散去，不知翁珊珊是不是脑袋被门板夹了，居然看上陶立这种朝不保夕的货色。

我很犹豫，论私情，我和陶立是多年的酒肉朋友，这个忙该帮。可是他连个能抵押的房产都没有，我又不能帮。

我很头疼。

酒至酣处，陶立去了洗手间，在那几分钟时间里，翁珊珊做了一个大胆的举动。

她拿过我的手放在她的胸前，揉了揉。

我无耻地察觉到，翁珊珊的胸虽不大，但是很坚挺。我做贼一样赶紧将手抽离，翁珊珊狐媚地笑了一下。此刻，我唯一能给出的答案是，这个妞，她不是疯了就是喝多了。

平素酒量在我之上的陶立居然不胜酒力，被两个小跟班抬了回去。几分钟后，我发现陶立的手机落在饭桌上，便追出去，结果被饭店外面正在发生的一幕搞懵了。

陶立双手扶在翁珊珊瘦骨嶙峋的肩膀上说："你怎么还死皮赖脸地跟着我，我又死不了！"

翁珊珊几乎要哭出来，在陶立决然地扭头走掉之后，她撒开脚丫子追上去，试图挎住陶立的手臂，却被陶立大力一挥，扑通一声摔在地上。看见我后，陶立越发猖狂，一耳光扇在翁珊珊的锥子脸上。瞬间，她的嘴角淌下来几滴嫣红的血，在路灯的照耀下，异常夺目。

陶立抬脚准备踢向翁珊珊的时候，我一把将他推开，嫌恶地将手机扔给他，转身走掉。

我最恨对女人动手的男人。对女人动手至少说明两点，一是他不爱她，二是他爱她爱到了骨子里。

陶立到底是爱翁珊珊还是不爱，与我无关，我要赶在夜里十一点前给驻外省出长差的女友小曼打电话。

我很爱小曼，想尽快娶她，可小曼一直在推脱——女人，真的很难捉摸。

噩梦来袭

夜里十一点半，有人轻叩防盗门，咚，咚咚。很执拗。

这个点，会是谁？

从猫眼看出去，是一个长着锥子脸的女人。我刷地拉开门，翁珊珊扬起脸可怜吧唧地说：“我，能不能在你这儿借宿一晚？”

我倚着门迅速接通了脑电流：一，她是陶立的马子；二，我正在追小曼，不能有任何抹黑洁身自好形象的行为。

所以，我应该委婉地拒绝。

翁珊珊看出了我的为难，低声下气道：“陶立不知犯了什么邪，我一回去他就动手，可能，是最近被钱愁的……”

我斜睨着她，这个女人，就像一只惨遭主人遗弃的猫，惶恐，不安，裹着一件单薄的连衣裙，抖抖索索地站在我面前，等待我的仁慈和收留。

男人的恻隐之心突然爆发，我闪开身，把她让进屋内，指着卧室说：“喏，你去睡吧。”

她犹疑地看着我，我又补充一句：“我睡沙发。”

她的大眼睛里马上就蓄满了一种叫作感恩的东西。然后，乖乖地走向卧室。

半夜，我做了一个噩梦，小曼被黑衣人挟持了，我深一脚浅一脚地向小曼追去，却掉进了万丈深渊。我挣扎着哭醒，翁珊珊的锥子脸离我只有十厘米的距离。

她小心翼翼地说：“你一直在喊，我就过来看看。”

我沉浸在噩梦里，浑身被冷汗浸湿。翁珊珊再一次抓住我的手，这次，她没有按在她干瘪的胸前，就那么握着，眼睛看着我。

她说：“其实，我不爱陶立。”

狗屁！我暗骂。一个女人如果不爱一个男人，她就不会对他的冷漠无情在意，也不会为他的水深火热担心，我觉得她在撒谎。可是，她撒谎的目的何在？

没等我多想，我听见钥匙在锁孔里旋转的声音，静谧的凌晨，那声音很清脆。

屋漏偏逢连雨天

我跳起来朝门口扑去，不偏不巧，撞倒了翁珊珊。更离奇的是，我收不住脚一下子扑在她身上。

然后，小曼就看到了这精彩一幕：翁珊珊裙子凌乱，我的手搭在她乳尖上，沙发上的靠垫凌乱至极。小曼气得浑身发抖，指着我的鼻尖骂道：“张志，你个忘恩负义的东西，胆子够肥啊，居然把小破鞋领到家里了！”

我纵有一百张嘴也解释不清，倒是翁珊珊不急不忙地爬起来争辩，不是那样的，我们没有……

小曼看也不看翁珊珊一眼，打开门，吼道：“滚！”

翁珊珊临出门前对我说了声对不起，然后，再次像被遗弃的猫一样臊眉耷眼地走了。

一直到天边亮起晨曦，小曼仍在不依不饶地讨伐我，她一会儿用抓住男人小辫子的气势痛骂我，一会儿又哭着问我：“张志，你说这辈子只爱我一个，难道你忘了吗？前阵子你还向我求婚，你这样的人我敢嫁吗？”

她用拳头打我，用脚踢我，不容我解释。

我使出蛮力，将小曼弄进卧室压在床上，我想，必须通过一场同仇敌忾的性爱来求和了。我撕去她的衣服，准备霸王硬上弓，没想到在我准备挺进的时候被她大力从身上推下来，她低声道：“恶心！”

我一下子颓了。

我筋疲力尽，决定保持沉默。清者自清，我不想再做无谓的解释，如果她爱我，那么等她消了气，再辩解不迟。

然后我歪在沙发上睡了过去。

可是我太天真了，清晨第一缕阳光刺醒我的时候，我发现茶几上放了一张便笺，上面写：分手！

在我睡着的半个小时里，小曼以极快的速度拿走了她所有值钱的衣物，甚至，不肯等我醒了亲口对我说再见。

女人，狠起来真的甚于男人。

我发誓只要再见到翁珊珊，一定会对她不客气，因为是她毁了我在小曼眼里的清白。小曼在那天清晨离开之后，迅速换了手机卡，像一阵风，离开了我的世界。

曾经的爱，像肥皂泡一样华丽炫目，如今也像肥皂泡一样破灭，无踪。

我很是颓废了一阵子。两周过去，陶立再次来找我，一见面就问贷款的事怎么样了。他捂着缠着白纱布的脑袋，几乎要给我下跪。原来，前几天，陶立再次被债主堵在路上，他们打破了他的脑袋，还扬言，如果再见不到钱，就让他死无全尸。

“你得救我，张志，咱们好歹曾经是同一条绳子上的蚂蚱。”

他拿出了一纸复印件，上面赫然显示着我们之间的一场龌龊交易。两年前，我曾被陶立引诱，私挪一千万公款在他的公司做投资，那一次，陶立分给我八十万盈利。

我知道，他这是在威胁我。

可是人生从来没有后悔药，我只能点头：“明天。”

一切都是套路

晚上，翁珊珊再次顶着那张锥子脸敲开了我的门。我怒不可遏地将她拉进来抵在玄关处，她的脸离我很近，那两片嫣红的嘴唇像一只新鲜的草莓，诱惑着我。

没等我开口，翁珊珊先问我："你给陶立贷到款了？"

"明天。"

我能怎么样，被人捏着小辫子，只能用自己这栋新买不久的房子做抵押，再用些小手段。我必须孤注一掷，此后，我和陶立就两清了。

翁珊珊急切地说："千万不要，他在骗你！"

我用手托起她尖俏的下巴："嗯？"

从翁珊珊的嘴里我得知，她勾引我，在我家里故意制造那场绯闻，都是陶立一手安排的，因为陶立和一个叫林小曼的女人决定拿着我给的一百万，逍遥他乡。

翁珊珊嗫嚅了一下嘴唇，说："他答应事成之后给我五万，这是我两年才能挣到的数目……"

我的脑子钝了一下。

我加重了手上的力道，问："你说的都是真的？"

翁珊珊挣扎着说："那晚你没非礼我，我发现你是一个好人。所以，我不想继续骗你了，那五万，我也不要了。"

她从口袋里掏出一页纸，"这是我从陶立包里偷来的，不知对你有没有用？"

原来，一切都是陶立苦心安排的，包括他在饭店外打翁珊珊，包括他头上的白纱布。可是，小曼是什么时候投向他的怀抱的，我不得而知。

我用了一分钟的时间瞪视翁珊珊，那一分钟里，我想起初识那天，她将我的手拿过去放在她的胸前，使劲揉了揉；我还想起，那晚，她对我说，其实，她不爱陶立。

可她毕竟骗了我，我一直以为她真的是陶立的女人，所以，我在她诱惑我的时候保持了该死的矜持。我想，我必须惩罚她，惩罚的方式是要勇猛点呢，还是温柔点？

此刻，我只想做爱，我的身体像埋了一根火线，烧灼得厉害，急需点燃、爆发。

我抱起她，她的锥子脸突然荡起了两团绯红，狐媚地在我耳边问：“你要——干吗？”

身处乱世，谁不心怀鬼胎

找个安静的地方去死

我去六里桥找到一家房屋中介，在新民小区租下一套房子。房间陈旧，可是没关系，我只是想找个安静的地方去死。

第三天，我拖着两只大箱子来到 17 栋 305 号。当我哼哧哼哧爬上三楼，靠在墙上喘气时，后面跟上来一个男人，他站在我面前，用探询的目光看着我。我最讨厌陌生人搭讪，何况这个男人并不十分帅气。于是我转过身去开门。

男人在我身后说："你挡到我的路了。"

我回转身子将箱子往对门的门边扯了扯，给他让出一条道，同时，憋出一丝礼节性微笑。

"唔，我要去的是这里。"他用手指了指 306。

这次我真的有点不好意思了，原来是对门的男主人，说不定以后低头不见抬头见呢，我一边说抱歉，一边伸手去提箱子。男人用一个优雅的手势制止了我：我帮你。

他轻松地将两只箱子搬进 305，巡视了一下屋内，朝我露出八颗牙齿的标准微笑，说："有什么需要帮忙的，欢迎随时打扰。"

我想，这个男人真好，至少，比我的男人要热忱许多。

莫非男人都一个德行，在外恨不得使出浑身解数讨女人欢心，而面对家里那个一成不变的女人时，总是各种厌烦各种痛恨？

我想，也许是吧。

对了，我差点忘记介绍，我还带来了萌萌，它是一只猫，纯种的波斯猫。在陌生的房间里，有它陪着，不算寂寞。

离家出走

大前天半夜我和杜威吵了一架。闺蜜说我是吃饱了撑的，说为鸡毛蒜皮的事情吵很容易吵凉男人的心。可我真的受不了。那晚我起夜，在卫生间四仰八叉摔了一跤，原因是杜威洗完澡没拖地。我将他从床上拽起来发了一阵火，而他很冷静，指着门对我说："不愿过你可以走。"

于是我很争气，真的就走了。

我说："给你一个月时间，到时如果你想通了，我们就离婚。两条腿的男人多了，谁还吊死在一棵歪脖树上？"

我对闺蜜说，之所以给他一个月时间，是不想把婚姻往绝路上逼。

第二天收拾东西的时候，杜威没拦我，他静静地倚着门框，看我气急败坏地装箱子，然后抱起萌萌，摔门而去。

他想气死我？没门！不用他气我，我也是将死之人了。死之前，我要找一个安静的地方，捋一捋我和他之间的问题所在。

我和杜威结婚五年有余，无孩。上大学那阵子，他在追我的一打男孩子中间出类拔萃，最终俘获了我的初吻。当然，没领证的时候我们就在一起了。我还记得第一次很狗血，两个人脱光了衣服叠在一起，折腾了两个小时都不得要领。

后来，两天不做杜威就猴急猴急的。再后来结了婚，时间一长就互生厌倦，于是常常很久也不做一次，偶尔做，也完全是生理需要。

生活失去新鲜感，柴米油盐酱醋茶让人觉得厌憎。

更让人崩溃的是，杜威现在澡都懒得洗，内裤几天一换，有洁癖的我甚至觉得他都不如萌萌干净，于是，能离他多远就多远。

现在与他隔了半个城的距离，我觉得好多了。

乱世怀鬼胎

夜里十一点钟，男邻居拎着个酒瓶子轻叩防盗门，咚，咚咚。我不想开，可他很执拗。

我刷地拉开门。看见我穿着吊带裙，他脸上顿时飞上两朵红晕。我嘎嘎笑了，还有会脸红的男人？冲这一点，当他举起酒瓶子问我：“要不要喝点酒？”我果断点了点头。

我也想喝点。

我从不去酒吧夜店什么的，自我感觉挺良家妇女，但最近一个人住着，着实无聊透顶，时不时冒出找个人一醉方休的念头。

我洗了两只杯子，他帮我添满酒，然后他环顾四周，说：“弄点小菜？干喝多没意思！”

我拍手称快。在那个简陋的厨房里，不一会儿，他就利落地搞定了两个下酒菜，一个油炸花生米，一个尖椒皮蛋。很简单，但我很满意，我喜欢会做菜的男人。

酒至微醺，我问他：“你老婆呢？”

他迟疑了一下，一仰脖子将杯子里的酒灌进喉咙：“提她干吗？”

我尴尬地笑笑：“不想说就算了，没人逼你。”

然后我赶他走：“别喝了，酒也不是啥好东西，回去睡吧。”

他却没有要走的意思，眼睛里忽然就蓄了泪，问我：“你说女人是不是都喜新厌旧？我们一直都很恩爱，可最近半年来，她对我不冷不热的，我怀疑她有了新欢。”

剩下的半瓶酒把男邻居变成了怨妇，他说他有一个貌美如花的妻子，他在离市区两百里的电管站上班，只周末回家，于是他和妻子每周有两天见面时间。可今天，周三，他临时回市里有事，顺便回了趟家，结果等了半宿，妻子都没回家，打电话，关机。

“她会不会和别的男人在一起？”他问我时，一滴眼泪滑了下来。我伸手帮他抹了抹，“别乱想了，也许没你想得那么糟。”

他说是，然后晃悠着向我告别。临出门前，他伸开双臂轻轻地抱了抱我，贴着我耳根子说：“我不会对你心存不轨的，我要清清白白等她回心转意。”

他走后我陷入沉思，杜威在干吗呢，会不会和别的女人在一起？

世道如此乱，谁不会心怀鬼胎？重要的是，酒劲上了头，我想洗洗睡了。

第四类情人

我和男邻居开始了精神之旅。有时我更觉得他像第四类情人，不动身体之念，又比朋友多一些亲昵。比如，他后来固定每周三回来找我，拎着一瓶或者半瓶酒，为我做各种好吃的。

聊聊天，喝喝酒，然后我会在他宽厚的怀里靠一会儿。

好几次，我看着他无辜的双眼差点没忍住。其实他不在家的时候，大概是周一，他妻子会带一个男人回家。我不告诉他，是不想让他难过。

让一个善良的、能给自己做菜的男人难过，太残忍。

可我真的很愤怒，在我从猫眼里看到男邻居的妻子带着男人回家的时候。那天我听到楼梯间有人讲话，好奇心驱使我趴在猫眼上一窥究竟，结果看到那个貌美如花的女人吊在一个男人的臂弯里，男人一只手急不可耐地伸进了她的内衣。

后来，我很无耻地将耳朵贴在墙上，夜阑人静，女人的叫床声持续了很久，可以想象，那个男人是如何骁勇地在女人身上开垦，而女人又是如何疯狂地变换着花样。一对不要脸的狗男女！

两天后，男邻居回来了，这次他没回自己家，直接敲开我的房门。他递给我一大把新鲜的勿忘我，紫色的，很漂亮。

我拥抱了他，像拥抱久别的爱人，那一刻，我真的想入非非了，假如这个男人是杜威，或者假如杜威能像他这样有点小情调、小浪漫，愿意为我下厨，那人生岂不非常圆满？

他的嘴唇火辣辣的烫，逡巡在我的耳边，终于咬住了我的耳垂，我有一刹那的眩晕，身体某处也无法遏制地湿润。就在理智的防线即将被撞破的那一秒钟，我像一只受了惊的麋鹿，从他怀里跳了出来。

他揉着自己的头发，不敢看我，嗫嚅道："对不起，我……"

我笑着推他："快去炒菜！"

赢回爱情

男邻居去上班了，连续一周，我都没见到他，而日历显示我搬进来已经足足二十九天。

这天，我的猫抓了女邻居的手臂。当时她正在做菜，据她说自己要做跳水鱼，可没等鱼下锅，萌萌就闻着鱼腥从阳台上弓起身子跳到了她家厨房的窗台上。

女人受了惊，便挥舞着东西去打萌萌，但萌萌是我调教得非常出色的一只猫，它毫不畏惧地用尖利的爪子挠破了她。

我正在看电视，女人声嘶力竭地举着流血的手臂来找我算账，这是我第一次近距离地与她面对面。我一边道歉，一边拿出药水和纱布帮她止血。做好这一切，我踢了萌萌一脚，萌萌喵呜一声跳到了沙发上。

我转身去给女邻居倒水的空当，她拿起我放在茶几上的两页纸仔细地看，然后冲到我面前打翻我手里的水，惊叫:“许釬，你，你，你 HIV 携带阳性？还有，这只猫也是？”我若无其事地说:“是啊，所以我在这里等死。”

我用三分钟的时间，让瞠目结舌的女邻居了解了我——其实，我是在做艾滋病志愿者时不幸感染上病毒的，后来，不小心传染给了萌萌，我之所以离开家住进这幢房子，是想让萌萌陪我度过最后的日子。

“死有什么了不起的？”我看着她，淡定地说。

“混蛋！老娘怕！”女邻居完全失态了。

我又用三分钟时间让她了解了医学常识，告诉她:“想感染上病毒没那么容易，不信你看，”我掏出了自己的钱夹，指着杜威的照片给她看，“我老公一个月前还经常和我做那事，但他现在壮得像头牛……”

没等我说完，女人凄厉地叫着跑了出去。

少顷，我听到她家里传来剧烈吵闹声，然后那个等着吃跳水鱼的男人被她像扔垃圾一样赶出了家门。

我抱着萌萌回家，杜威接过我手里的两只箱子，忙不迭地让我坐在沙发上休息，然后说：“想离婚也可以，咱们婚前不是婚检过嘛，两个人都符合健康标准人家才给扯证，那我有个要求，离婚前咱们也去做个检查，你要是健健康康的，我就放你走。”

我一听，正中下怀。

第二天我们就去了医院，HIV 检查做完后，医生说：“两个人都是阴性。”

杜威一把将我拉进怀里，紧紧地抱住我不肯松手。

婚当然没离。我当然也没死。

其实你知道的，女邻居看的那张诊断书，是我在垃圾桶里捡来的，我叫许纤，人家叫许釬，哪跟哪嘛。

只是如我所愿，女邻居在看到杜威的照片后，很快就让杜威滚蛋了。看来，携带病毒的男人比病毒本身还可怕。

我就是个贱人，用清白的三十天终于换来了杜威的回心转意。我爱他，我想，他会珍惜以后的日子吧？

后来，看着花瓶里那束干掉的勿忘我，我偶尔会想起男邻居，他现在还好吗？

不失去，怎懂珍惜

异常的举动

谢了最近有些反常，具体表现为：说话颠三倒四，疯狂加夜班，回家倒头就睡。

这还不算，最反常的是，他性趣锐减，距离最近一次比较和谐的床事已一月有余。这说明什么？是工作太累，还是在外面开枝散叶回家就弹尽粮绝了？

我扶着头坐在沙发上假装看电视，用眼睛余光打量他：他拿出了用手机积分新兑换的咖啡色拉杆箱，放在客厅地板上打开，然后从卧室抱来几件衣服塞进箱子里，又去洗手间拿洗漱用品……箱盖合上拉拉链的时候，我忍不住了，问："干吗？"

谢了把箱子靠在客厅墙边，淡淡地说："出差，十五天，两个小时后的飞机。"

我愣怔了几秒钟。以往出差，他会提前跟我打招呼，可这次没有。我觉得蹊跷。

顾不上问他去哪儿出差，我冲进了浴室。曾经我和谢了有个保持多年的习惯，每次他出差前，我们都要热烈地做一次，他说，只有被我喂饱了他才不会在外拈花惹草。

上一次的热烈是什么时候的事？我一边快速冲澡一边想，却想不起来。

五分钟后，我穿着新买的曼妮芬吊带裙走出浴室时，谢了已经拉起箱子走到了门边。他看着我，说："要走了，不然会误航班。"

原本热起来的身体，似鼓胀的气球冷不防被针刺了一下，突然蔫了。

他走后许久，我保持同一个姿势坐在沙发上，想，他究竟是怎么了？我们究竟是怎么了？他不爱我了吗？我还爱他吗？

一语惊醒梦中人

下午，在音乐低回的咖啡馆，我向小艾吐槽，问她："他该不会有了别的女人吧？就他这样的，会有女人喜欢？"

小艾戳着我的脑袋说："谢了不够好？他身高 178，算高吧；他玉树临风，算帅吧；他有房有车，算富吧！这样的男人没女人觊觎才不正常！"

一语惊醒梦中人。

可，婚姻真的如鱼饮水冷暖自知，虽然表面上我和谢了琴瑟和鸣，可总觉得我们的婚姻就像一件华美的袍子，上面沾满了各种可恶的虱子，外人看到的，只是表面的光鲜。

而且，潜意识里我觉得谢了爱我没有我爱他那么多。

这让我灰心、颓丧。

林家宝打来电话时，我刚走出咖啡馆，电话里他说："我们见面吧。"

我犹豫了半分钟，半分钟里，我脑海里迅速闪过一些零碎片段，片段里有牵手，有初吻，有初夜，还有眼泪和怨恨，主角是我和林家宝。

他再次开口，语气里更多了一番迫切："我想你了。"

鬼使神差地，我的喉咙里蹦出一个字，好。

他说他来本市出差，现下榻在某某宾馆某某房间。

挂了电话，我迅速开车回家换衣服，一路上想的是，见了面说些什么呢？是单纯叙旧还是用激情诠释经年积攒的思念与怨怼？

我与初恋有场约会

林家宝依旧魁梧、英俊，只是岁月给他浸染了一层隐隐的风霜，熟男气息扑面而来。我感觉自己的心跳比想象中要剧烈许多。

我这是怎么了？我不是该恨他的吗？恨他与我指天誓日，转身又把炽热的爱给了另一个女人？恨他在我最曼妙的青春时节，拎一桶冰水对我迎头浇下还振振有词地说，爱情是无法左右的灾难？

林家宝眼睛里掠过一丝不易察觉的惊喜，忙不迭地递给我水果，说：“喏，你最喜欢吃的泰国芒果。”

心里没来由地一动。但我没去接，我来见他，不是为了吃芒果的。

那我为什么要见他？我们不是早已桥归桥路归路，各不相扰的吗？

林家宝讪讪地收回手，拍拍沙发让我坐，说：“你还是老样子，没怎么变。”

我笑了一下，为他的虚伪。怎么会呢？距离我们最后一次见面，已是十年飞逝而过，女人的容貌在岁月的浸淫下怎会不变？

“说吧，找我什么事？”我单刀直入，心里却想着，谢了该到达目的地了吧，他在干吗呢？洗漱？吃夜宵？还是在和某个女人打情骂俏？

不，不会的，我使劲摇摇头，想使自己平静点。

我和林家宝，就那样隔着小茶几坐在沙发上，时断时续说一些狗屁话，几乎冷场时，他拿出一瓶红酒倒了两杯。我没拒绝，酒是个好东西，因为它会麻痹人的思维，能让人借着它的名义放浪形骸。

在现实与想象中挣扎

一瓶很快见了底，林家宝又开了一瓶。第二瓶喝了不到一半，酒劲就上了头，然后我很没出息地哭了。

我站起来哭着举起拳头擂在他的胸口，他一动不动，任我发泄。我踢他，咬他，最后，精疲力竭地倒在他的怀里。意识尚清醒，行动却不由自己。我能感觉到他温热的唇覆盖下来，感觉到自己被他有力的臂膀打横抱起，摊开在洁白无一丝褶皱的双人床上。

我奋力喊：“不要！”

那两个字，却如梦呓，被扼杀在我喉咙深处。然后，我迎合了他强劲的冲撞。当极致的快感自身体深处传来时，我伸出手臂抱紧了他壁垒森严的腰身。

事后，林家宝躺在我身侧抽烟，我皱了下眉。因为喉疾，我向来闻不得烟味，谢了为此还戒了烟。所以我委婉地请他灭烟，或者，出去抽也行。林家宝笑笑，一只手在我身上缓缓游走着，说：“这是男人最喜欢的事后烟。”

我想起谢了当年说过的一句话，“你不喜欢，那我就戒掉，这没多难。”心里突然一酸。

少顷，他燃起第二支烟的时候，我忍无可忍跳下床穿衣服，准备回家。林家宝拦住我，问：“谢了在？”

“没，出差去了。”我冷着脸请他让开。

他没让，再一次紧紧地拥抱我，滚烫的唇逡巡在我耳边：“这不就行了嘛，谢了又不在，你急什么急？”

理智告诉我，赶快走，可身体里却弥漫过来丝丝缕缕强烈的渴望，渴望重温本该属于我的爱情，属于我的男人。

思想的小人正左奔右突，林家宝突然松开我，掏出电脑打开，然后，我看到了谢了。

还有余美。

他们深情拥抱，用力接吻，脚步正一步步挪向身后的大床。

我歇斯底里地尖叫一声，扣上了电脑。

激情磨灭，空留疲惫

在我以离开为由相逼下，林家宝说了实话。

他说：“谢了不是去出差而是去见余美了。”

看我愕然，他又说，这是他和谢了协商的结果。两个深陷麻木婚姻生活的男人，异想天开地决定为对方也为自己创造条件，和旧情人在一起待半个月，如果半个月里，他和谢了都发现自己爱初恋胜过爱现任妻子，他们就放弃现在的婚姻，和正确的人在一起，谈一场正确的恋爱，结一次正确的婚。

多么狗血的桥段，多么可笑的两个男人。我想笑，却哭了出来。

林家宝没给我拿纸巾，只一味强调，这是真的。

他说，婚姻从激情期步入疲累期后，他觉得余美世俗、唯利是图、不关心他，而余美认为他没有担当，对她的爱流于肤浅。

我咬牙切齿地问:“那你当初为什么娶她？”

他的回答理直气壮，他说，当初，余美奉父母之命回到原籍，他为了前途跟我玩失踪去投奔余美，起先余美因为谢了而不接受他，之后他受过很多苦，而余美帮了他很多，有天，突然答应和他在一起。

那天，是谢了和你结婚的日子。

林家宝掐掉烟，直视着我说，其实，余美一直爱着谢了，但谢了太执拗，不肯离开原籍，因此劳燕分飞。

我揉着脑袋，想起八年前的那天，谢了找我喝酒，我们都喝大了，在午夜萧瑟的街头，我骂林家宝的狼心狗肺，谢了骂余美的薄情寡义。

骂着骂着，我们就去附近的快捷酒店滚了床单。几天后，闪婚了。

最喜欢的礼物

第二天我租了一套小两居，我和林家宝像恋人一样，白天一起去拥挤的菜市场买菜，回来挤在逼仄的厨房里做饭，偶尔散步，大多靠在沙发上看碟。

林家宝将电脑一直开着，远程摄像软件实时直播着谢了和余美的一举一动。

我忍着满腔的怒火，看谢了骁勇万分地在余美身上起伏撞击，那一幕幕，像一把把尖刀剜在心口，那种痛，无法描述。

唯一能解除痛苦的是，做爱，和林家宝。做爱，用和屏幕里那两个人一样的姿势。

如此过了一周，我觉得很累。

第十一天，我再次吼林家宝不要在我面前抽烟时，他怒了，口不择言："怪不得谢了烦你，我也快烦你了。不抽烟不喝酒，死了不如一条狗。你干吗讨厌男人抽烟？"

就像一块烧得吱吱作响的炭火，猛然被浸入冷水，我的心突然彻骨的冷。

这就是那个口口声声说爱我，试图与我重新开始的男人？一点克制都没有的男人，我为何要妥协？

没等我爆粗口，林家宝突然冲到电脑前，我也好奇地伸过头去看，只见谢了和余美似乎在吵架，谢了拉了行李箱要走，余美气呼呼地打开门做出请他离开的手势。

画面没有声音，我听不到他们在说什么，只暗自舒了一口气。

林家宝走之前说："我一直以为我爱的人依然是你，事实却是，你的心思没有一分钟不在谢了身上，而我，也想余美了。所有的恨与爱，都是一场阴差阳错，我走了，祝你幸福。"

走到门口，他又折身回来叮嘱我，他和谢了这次荒唐的换妻协议中约定不让我和余美知道，既然我已经知道了，就请装作不知情。

"你还爱我吗？"他不甘心地又问。

我轻轻摇了摇头。

谢了回到家的第一句话是："今天是我们的结婚纪念日，我有礼物要送你。"

他伸出左手，掌心用碳素笔端端正正写着八个字：你还爱我吗？我爱你！

不是钻戒，不是鲜花，却是我最最想要的礼物。

是谁遗弃的发箍

谁的错

如果你在家里发现别的女人的饰物，而且，还是在自己男人的枕下，你会怎么做？

是拿出铁证逼男人亲口道出残忍真相，还是视若无睹？

有半个时辰，我把玩着手里的一个发箍，脑袋发木，只觉胸腔憋闷，真想大哭一场。

那是一个粉紫色小方格的发箍，棉布质地，看起来有点陈旧，想必是哪个粗心女人落下的，当然，不能排除许粼故意让我看见的嫌疑。

我想，许粼一定是被发箍的主人逼得没有办法，而他因为顾念我们多年夫妻情分，不愿撕破脸皮让彼此都难堪，只好采取迂回手段来告诉我，他又有了别的女人，这次，我应该全身而退。

是这样吧？一定是。

我麻木地起身，继续整理被许粼搞得乱糟糟的卧室。看着新换了床单的一米八的大床，想到我不在家的时候，许粼和某个妖娆女人滚了我的床单，我就愤慨得不能自抑。

愤慨之后，我除了苦笑，还真是哭不出来。

怪谁呢？怪他还是怪我？

或许我和许鄴两个人都有错，天下举案齐眉的婚姻比比皆是，但也不乏两个人在婚姻的轨道上偶然跑偏。是谁的眼睛里揉不得沙子，是他还是我？

或许从我拎包住进单位宿舍的那天起，就给那个觊觎许鄴的女人以可乘之机。

试探

我决定在家里住几天，观察观察许鄴的动向，是狐狸，总要露出尾巴的对不对？

我当然不会傻到再饰演一次泼妇，那样，于事无益。

思来想去，我在许鄴的脚步声在楼梯间响起的时候，把那个发箍放在了客厅的斗柜上。旁边，是我和许鄴的甜蜜结婚照，照片里，我和他深情凝视着彼此。不过，那是六年前的照片了，不提也罢。

许鄴进门，放下公文包，从厨房门口探头看到我，闷声闷气地说："回来了。"言语寻常，好像我从不曾离开一样。

我喉咙哽了一下，笑笑："饭菜还得等一下，你先坐下来歇会儿，茶给你泡好了。”然后低头切菜，想着，他看见发箍了吗，会说些什么？还是装作看不见，等我先来发问？

做菜的间隙，我伸出头朝客厅望了一眼，许鄰半躺在沙发上，拿着遥控器胡乱换台，看来他已经方寸大乱了。

吃饭时我告诉许鄰：“我想回来住段日子，单位最近不忙。”

许鄰眼睛里闪过一丝难以捉摸的光，殷勤地替我夹了一筷子菜：“怎么？要回来住吗……好……那好。”

呵呵，我在心里笑了，我太了解许鄰了，他说话何曾像今天这么结巴过？不是心里有鬼还是什么？

晚上，许鄰洗完澡从浴室出来，朝斗柜瞥了一眼：“发箍？”

“对呀，这是谁的？”我赶紧跟着他的话题。

“谁的？”许鄰一脸茫然。

我没追问，觉得没意思。当晚的床事距离我们上次已有两个多月，许鄰却做得相当绅士，我也味同嚼蜡，我想，我们的激情是彻底被外人掏空了。

玩火自焚

第三天下班路上，老莫打来电话：“我想你，晚上见。”

我赶紧推脱，说我正在回家的路上，请他赶快挂掉电话不要再打来。老莫便不悦起来："怎么？回家了？你不是住宿舍吗？是你自己回去的，还是他求你回去的？"

我很烦他这种语气，地下情总归见不得光，可老莫偏偏摆不正自己的位置，对我管手管脚不说，一提到许粼，他就咬牙切齿，好像我和许粼在一起干的是偷情的勾当。

我回了句："是我自己回去的，有事。"然后，挂掉电话。

刚走到楼下，手机叮的一声，我打开，是老莫发来的彩信，画面里我裸着身子，背景是快捷酒店的房间！

这一惊非同小可，我退回到偏僻的小路上，打电话给老莫，压低声音喝问："你干什么？会惹出乱子的！"

老莫嘿嘿笑了，那笑阴森得瘆人："晚上我要见你，否则，我怕我会不小心把照片发给许粼。"

我浑身一个激灵，只能举手投降。也是从这一刻，我才清醒地认识到，玩火自焚简直就是真理，如果说投入老莫怀抱是为了报复许粼对我的背叛，那么如今面对老莫的咄咄逼人我却悔不当初。

见了面老莫一下子把我拥进怀里，轻咬我的耳垂，然后用舌尖抵开我的牙齿探进去。

他就是有这本事，能够在我毫无欲望的时候用他的舌、他的手将我浑身熨烫一遍，让我难以自持，彻底沦陷在他接下来的冲锋陷阵中不能自拔。中途，想起刚才被老莫以照片相要挟，我不免烦躁。

或许，该收手了。

猜测

我将包里的发箍拿给老莫看，老莫愣了一下："谁的？你平时不戴这个呀。"

老莫说得对，我是不戴这玩意儿，现在的我，更钟情真金白银。可是，它究竟是谁的，它的主人和许鄰究竟有何关系？

就在昨天，许鄰当着我的面拿起那个发箍仔细端详，良久，他猛拍一下脑门："会不会是哪个小偷落下的？你不在家的时候，我有时出差，家里难免进来小偷，据说，前阵子好几户都失窃了……可是，咱家什么也没丢呀，奇怪。"

他念叨着，全然不理会我半信半疑的神情。

亏他编造得出如此滥的理由。小偷？小偷会把一个旧发箍遗留在作案现场？我扑哧笑了出来。

许鄰继续他的神游太虚："你看，咱家也不能没人，我又经常出差，你看你能不能不去单位宿舍住了，搬回来？"

真假啊！明明趁我不在将别的女人带回来颠鸾倒凤，倒把屎盆子扣在冤屈的小偷头上，我不得不佩服工科出身的许粼脑子的确转得快。

我冷冷地回了句："等我彻底忘了她再说。"

许粼就像被扇了一耳光，登时闭嘴。

那是一年前的事了，虽然许粼认错态度好，但我就是想不通，我不过被单位派到上海才半年，他就忍不了一时寂寞。我像泼妇一样将家里摔得凌乱不堪，然后头也不回地住到了宿舍。后来许粼多次向我道歉，面对他日益憔悴的面孔，我不免心软，于是，隔很久回家一趟，帮他做顿饭，心情好了，会留下来过夜。

分居期间，我有了老莫，越轨的快感使我心里稍稍平衡了些，我想，许粼欠我的，我要照单还给他。

厌恶

老莫听完发箍的事情，搂着我哈哈大笑："宝贝，说出来你别生气啊，这，其实是我放在你家的。我偷着配了一把你家的钥匙，唉，我也是太爱你了，那天，听说许粼出差了，你在酒店睡着之后我就去了一趟你家，留下这个，好让你离开他。"

他的大手揉搓着我的双乳，用下巴蹭着我的脸："对不起宝贝儿，我是真的爱你，我想要你都想疯了。"

老莫翻身上来，准备用身体求得我的谅解，以前我们之间发生不愉快，他总是用性来向我求和，每次，我都被轻易征服。

可这次，他过分了！

我盯着那枚钥匙，突然爆发了："你到底想怎么样？配钥匙？去我家？留下这个发箍？今天还发来我的照片，威胁我？"

我歇斯底里地将他从我身上掀开，厌恶地看着他，说出了我最近一直想说的那句话："分手吧，不能再继续了。"

老莫剑拔弩张的身体遭此冷落，脸色突变："想分手？没门！"

看我不像是开玩笑，老莫硬的不行又来软的："宝贝，你可知道我离了你会无法活下去，你可知道你就是一副毒药，我已经深中此毒。"

说着，他的眼泪流了下来。我从没见过老莫流泪，所以，被吓到了。越轨者最忌讳动情，我不知道他还会做出什么出格的事来，我甚至恐惧地想象到，有朝一日他会堂而皇之地去找许粼，去告诉许粼我与他的私情，那样的话，我与许粼的婚姻就如覆水再也无法挽回。

不，不不，我决不能任由事态如此发展。

我还爱着许粼，我所做的一切只是为了寻求一个平衡的支点，有了这个支点，我想我和许粼才会握手言和，相伴余生。

秘密

一周后，我在城郊接合部的一家快捷酒店见了老莫最后一面。

自始至终，老莫心情都异常好，因为我告诉他，我准备离开许粼。我腻缠着他，为他斟满红酒：“来，庆祝我的新生。”

老莫兴奋地拍拍我的头，一饮而尽。

我眼睁睁地看着老莫倒下去，他在阖上眼睛之前，用最后的力气问了我一句：“你真的……没爱过我？”

我没回答，手忙脚乱地抹去现场自己留下的痕迹，跌跌撞撞地离开酒店。红酒里被我下了毒——毒鼠强，既然老莫欲求不满，有了我的人还不够，还想得到我的心，那，我只有出此下策才能让他不再缠着我，永远。

相比被一场荒唐演变成的噩梦日益摧残，怀揣着隐形炸弹整日惴惴不安，我宁愿选择快刀斩乱麻。

我要回到许粼的身边，我确定，我还爱着他。

许粼在做饭，他最拿手的是跳水鱼，此刻，鱼刚下锅，满屋子飘荡着诱人的香味。看我拖着行李回来，他把手在围裙上擦了擦，神秘地笑笑：“老婆，马上吃饭，一会儿我要告诉你个秘密哦。”

他能有什么秘密？难道，是交代发箍的主人？

我打算好了，不管他说什么，我都原谅他，我还想告诉他，过去就让它永远过去，我只要他的未来。记得六年前结婚的时候我们曾发过誓：此生不辜负彼此，若有来生，还做夫妻。

吃饭时，许粼拿过那个发箍戴在我头上，温情地看着我说：“老婆，你忘性真大，这是你上高中时戴过的呀，我一直收藏着，是为了纪念我们的爱情。”

我眼前一晕，差点昏厥过去，耳边是许粼脉脉含情的声音：“上次你离开家，我想你了就拿出来看看，我想，你总会回来的，我也一定会珍惜以后的日子，绝不再辜负你……”

午夜毒药香

暧昧午夜

顾陈买完烟从便利店往回走时，原本黑压压的天空突然下起了雨，在顷刻扬起的淡乳色雨雾中，顾陈的视线里闯进了一男一女。

男人把女人挤压在汽车的引擎盖上，一阵拳打脚踢之后，又强行吻住女人。整个过程中，女人既不求饶也不躲闪，眼神里含着致命的忧郁，夹杂着傲慢，击中了路过的顾陈。

男人开车扬长而去，女人缓缓蹲下身，疼痛使她俊俏的脸部肌肉扭曲在一起。顾陈鬼使神差地走过去，女人抬头将求救的眼神抛给他："你能收留我一晚吗？我没处去……"

顾陈没有拒绝，估计任何一个男人都不忍心拒绝一个貌美如花且无家可归的女人的要求吧。顾陈把女人带回他在附近的探戈训练室。他讶异于她身上的伤口，从小腿一路蜿蜒而上，旧伤新痕，虫子一样难看地爬在她光洁的皮肤上。

自从沈鸢离开之后，顾陈的心很久都不曾疼过，可这次，他的心疼了又疼，很尖锐。

他从医药箱里拿出酒精和药棉，仔细地为女人擦拭，上药。当他手里的棉棒触到那些残忍的伤口时，他清晰地感觉到她的身体在颤抖。

这是一个妖娆的女人，长发垂下来，风情无限。顾陈闻到了她身上散发出来的香味，是午夜毒药。沈鸢也常用这款香水。顾陈贪婪地嗅着来自女人身上的香，有一瞬间，他恍惚以为，眼前的女人是沈鸢。

可她不是，她说："我叫苏媚，今天谢谢你啊。"

平素寂寥难熬的午夜因为苏媚的存在而多了几许暧昧。顾陈起身准备为苏媚准备宵夜的时候，苏媚扑进了他的怀里，紧紧靠着他的胸膛。顾陈听见自己的心在凌乱地跳动，就在他无法遏制浑身燃烧起来的火焰时，苏媚松开了他，说："我得赶快回去了，回去晚了又是一顿暴打，我丈夫有暴力倾向。"

临出门前，苏媚轻声说："我是有伤的人。"

顾陈一愣。苏媚的伤在肌肤，而他的伤在心里。他的伤全因沈鸢而起。

只爱你，探戈皇后

每天训练课结束后，大厅里就剩下形单影只的顾陈，黑色音箱里反复回旋着《Por Una Cabeza》，这是顾陈最钟爱的舞曲。

他独自起舞，张开双臂，仿佛拥着的是沈鸢，而不是空气。沈鸢不止一次说过："顾陈，你是个自恋的男人。"

说这话时，沈鸢穿着黑色露背舞裙，甩着头，昂着胸，迈着步，用性感挑逗的眼神看着他，他们的配合天衣无缝，完美到极致，一舞跳罢，顾陈早已春心荡漾。

每次，当学员陆续离开训练室，顾陈就会和沈鸢迫不及待地吻在一起，时而缠绵，时而疯狂，吻得难解难分。

训练室后面是顾陈的办公室，也是他的住所，在那张一米二的单人床上，顾陈和沈鸢不知疲倦地要着彼此，沈鸢就像一个贪恋糖果的孩子，不知满足，反复索要。

激情跌宕的时候，顾陈会问沈鸢："你爱我吗？"

"爱！爱！我爱你顾陈！"沈鸢喘息着，水草一般缠紧他。

"只爱我一个人吗？"顾陈又问。

"当然只爱你一个！"沈鸢就像暗夜一朵最妖娆的花，层层叠叠绽放，时而亢奋尖叫，时而低声呻吟，宛如一支昆曲，跌宕起伏，不知疲倦。

顾陈爱沈鸢爱了六年，他们是彼此的最初，顾陈更希望是彼此的终点，他渴望有一天带着沈鸢离开这纷繁芜杂令人厌倦的都市，去陌生小城隐姓埋名，生一两个孩子，每天小火熬汤，柴米油盐。

但沈鸢说："我要去阿根廷，去跳探戈，阿根廷是探戈的国度。"

顾陈能说什么？他只能违心地说："好。"

有时他请求沈鸢："不要离开我，永远不要，否则……"后面的话他咽了回去，因为沈鸢吻住了他，她的吻让他窒息，让他幸福得战栗起来，让他只想展开新一轮的进攻。

顾陈疯狂地爱着沈鸢，可以为之生，为之死。

几天后，当苏媚站在训练室门口时，顾陈正陶醉在自己优雅的舞步里，《Por Una Cabeza》委婉，激荡，适合他落寞的心境。

那天苏媚一袭红裙，像一簇燃烧的火焰，燃烧了顾陈的眼睛。她向他伸出纤纤玉手："教我跳舞。"

顾陈怎能拒绝这个妩媚多变的女人？上一次她还是一只受伤的小兽，在他怀里痛哭流涕，这一次，她却变成了他的女王。她对音乐的领悟力很强，踩着节奏，艳红的裙子舞动起来，旋转起来，怒放起来，当他们的脸近在咫尺互相嗅得到对方的呼吸时，她目光凌厉仿佛要穿透顾陈的灵魂。

顾陈再次闻到午夜毒药香，他心旌摇曳。苏媚的呼吸拂在他的脖颈，他听到她说："帮我个忙，杀掉乔大林，事成之后我就是你的。"

乔大林是苏媚的老公。她忽然停下舞步，一把撩起裙摆让顾陈看她身上新添的伤痕。一道一道的伤痕凛冽地朝顾陈龇牙咧嘴，顾陈再一次心疼，想都不想就答应了她。

他怎能看着她深陷水深火热而置之不理？

风度翩翩的探戈舞蹈教练顾陈，其实具有双重性格，既忧伤内敛，又暴躁无常，在这座城市黑白通吃。他承认自己是个痞子，十足的痞子，所以沈鸢总是说："收手吧，好好做人。"

顾陈总摇头："我天生就是个痞子，你不喜欢这样的我？"

曾经的顾陈是个纯良青年，他和沈鸢曾是舞蹈高校的佼佼者，毕业那年，学校有两个前往阿根廷一所探戈学校学习的交换生名额，初步内定为顾陈和沈鸢。

那是个人人皆渴望的机会。

沈鸢在一个夜晚约顾陈见面庆祝，在她的宿舍里，他们一见面便拥抱彼此热烈接吻，当顾陈横冲直撞地闯进沈鸢的身体时，宿舍门突然被撞开，明晃晃的手电光朝他们射过来。

双双被开除，连毕业证都没拿到。一脚踏进社会的大熔炉，顾陈自暴自弃，为了活命，玩命地参加街头械斗，或者收取保护费，什么刺激玩什么。

顾陈变成了连自己都不齿的痞子，沈鸢却不离不弃，她说："我爱你，到地老到天荒。你一定要将探戈跳下去，我们一起去阿根廷。"

顾陈爱沈鸢，所以他不惜一切地满足了沈鸢的梦想，是的，她应该是最美的探戈皇后。

带我走，好吗

顾陈只动用了手下的两个小弟兄就实现了对苏媚的承诺。那天，乔大林去修车行检修车子，刹车系统不着痕迹的破坏，令乔大林在半个小时后经过一个急速拐弯的坡道时，连人带车翻进了江里。

警察取证时没觉得有什么不对劲的地方，这样的车祸实在是见怪不怪。顾陈作为路人甲挤在看热闹的人群中，他看见不远处担架上躺着苏媚竭力想要摆脱的男人，身上盖着一块白布，苏媚在歇斯底里地号哭。顾陈看了一会儿转身离去。

几天后，苏媚办完了乔大林的丧事，来训练室找顾陈。她眼神温柔，似一汪脉脉春水，将顾陈顷刻融化。他们再次共舞，这一次，苏媚的舞姿已相当娴熟，一招一式，都像沈鸢一样既浪漫又激荡。一曲未尽，苏媚已经娇喘吁吁，饱满的双乳剧烈起伏，眩晕了顾陈的眼睛。在那张顾陈和沈鸢曾无数次翻云覆雨的床上，顾陈换了女搭档。苏媚的性感迷人，让他觉得自己醉了，醉得神魂颠倒。他亲吻着她眉梢的那颗痣，抵达高潮。

事后，苏媚躺在顾陈怀里点了一支烟，吐出一口青色烟雾，说：“带我走，好吗？”

没来由地，顾陈又想起沈鸢，他心里很疼，很疼。他抱紧苏媚说：“好，我带你去阿根廷，那是探戈的国度。”

再次做爱后，顾陈去摆弄那套音响，因为就在刚刚，他听出音箱里有不规律的噪音。他喊："亲爱的，帮我拿个螺丝刀。"回头，一柄锋利的刀子抵在他的胸口——左胸，离心脏最近的地方。

苏媚拿着刀子的手在颤抖，她说："沈鸢呢，你把沈鸢藏哪儿了？"

"沈鸢？我很久没有看见她了。"顾陈的眼睛继续停留在那柄刀子上，心顿时坠入谷底。

苏媚用刀子逼着顾陈，从包里掏出一截尼龙绳，将他五花大绑在大厅中间的柱子上。她的眼神泛着冷漠，语气不容置疑："告诉我沈鸢在哪儿，我留你一条活命。"

你可曾爱过我

如果没猜错，六年前宿舍事件的策划者，应该是苏媚，彼时她是古典舞蹈系一名普通的学生，因为并不出色，所以顾陈从未留意。

苏媚爱沈鸢，所以她痛恨顾陈的存在。

这世道就是如此令人不堪，任谁也没法左右一个人的爱情，不管她的爱是以怎样的方式。

顾陈隐约得知事情真相，但他不愿相信这个残酷的现实，他一直都在对沈鸢说："我爱你，爱你爱你爱你。"她也在说，可是，她的语气渐渐变得不坚定起来，直到一年前，她被顾陈发现屡次去见苏媚。

有钱能使鬼推磨，顾陈花重金雇佣的私家侦探，不费吹灰之力就拿来了一盒录像带。那个寂寞的午夜，顾陈一个人坐在空荡荡的训练室地板上，将录像带塞进碟机。

随着画面以四倍的速度快速切换，他看到了两个女人，没错，那个曾承诺跟他相爱一生一世，要跟他生孩子，要跟他白首偕老的沈鸢，正在和另一个极其媚惑的女人亲热缠绵。

她们像两条柔软的美女蛇，极其契合的像跳双人舞一般的情景，令顾陈几乎昏厥。他看见那个女人的眉梢有颗痣，一颗美人痣。

他踉跄起身，啪地关掉电源，疯了似的在空旷的训练室里号啕大哭。

第二天，沈鸢回到顾陈身边时，他温柔地告诉她："我不能带你去阿根廷了。"

沈鸢问他："为什么反悔？"

顾陈扬起手狠狠甩了她一记响亮的耳光，吼道："因为你不配！"

那段香艳的录像在屏幕上再次呈现，沈鸢惊诧，哭泣，跪着乞求顾陈原谅，她说苏媚一直在逼迫她，如果她不从苏媚就会将她们的艳照发在网上。她说苏媚其实很可怜，老公乔大林性无能，她拥有的是一场表面光鲜实则空无一物的形式婚姻，除了沈鸢，她没有爱的人。

顾陈堵住了沈鸢的嘴，不是用他滚烫润泽的吻，而是用被子。

顾陈是杀死沈鸢的刽子手，他毁了她，亦毁了他自己，更毁了他们的爱情。从此顾陈行尸走肉般，在《Por Una Cabeza》的旋律里反反复复，独自起舞。

爱情死了，人生彻底成了一场滑稽的戏。

顾陈喝了一口苏媚递过来的水，长笑一声："其实，从一开始，我就知道你为何而来，你眉梢上的那颗美人痣很漂亮，亦很显眼，我刻骨铭心。"

顾陈试图劝说苏媚："放开我好吗，让我再跳最后一曲探戈，然后，生死由你。"苏媚犹豫片刻，说："好。"

对和自己有过肌肤之亲的男人，女人大多都会心软，这是女人致命的软肋。

顾陈熟练地修好音响，《Por Una Cabeza》的舞曲从柔缓开始，滑向激荡，再平缓，再昂扬。他泪流满面地挽着苏媚，深情凝视着她冷漠但美丽的容颜，说："假如这一刻没有恩怨，假如我们还相爱。"

苏媚哼了一声。

苏媚甩着头，昂着胸，迈着步，用性感挑逗的眼神看着顾陈，就像无数次顾陈和沈鸢的配合一样，他们的配合是那么天衣无缝，完美到极致。

旋转，旋转，旋转到窗口，窗外凉风习习，远处是黛色的山，绿色的水，点点万家灯火，很温暖。

顾陈的肘弯稍一用力，苏媚便像一只大鸟，以飞翔的姿势跃出窗台。

警车呼啸而来。原来，苏媚趁顾陈修音箱的时候报了警。她的手机里藏着致命的证据，在审讯室里，手机里传来苏媚的声音：“帮我个忙，杀掉乔大林，事成之后我就是你的。”

顾陈说：“好。”

铁的证据面前，顾陈仰天长笑，笑得眼泪都流了出来。他不明白自己的心，为什么在一些恍然的瞬间，觉得自己是爱苏媚的？他也无从得知，究竟苏媚有没有爱过自己，哪怕只是一点点？

探戈舞曲《Por Una Cabeza》仍在大厅里寂寞回旋，它的中文译名是《只差一步》。聪明如顾陈，算准了开始，却没猜中结局。犹如这场最为华丽的共舞，他居然没算准这是最为致命的疯狂。

于是只能，曲终，人散。

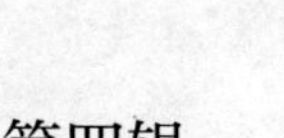

第四辑 / 我爱着，却什么也不会说

一念起，万水千山；

一念灭，沧海桑田。

爱情本身就是一场阴差阳错的悬疑剧，

跌宕起伏，又有章可循。

阴差阳错爱上你

突如其来的疤痕

冯哲一看见梅琳肚子上那道疤痕就深深自责。

疤痕歪歪扭扭地盘踞在梅琳原本光滑细致的小腹上，触目惊心。冯哲伸出修长的手指抚摸着那些粗大的针脚，一遍又一遍，心疼得泪水涟涟。

自从他回了趟老家，返回后一切就变得面目全非。梅琳在他回家的这几天究竟发生了什么，她死也不告诉他，她只是哭啊哭，哭得一双眼睛肿成了两只水蜜桃。冯哲没办法，就只好抽烟，一支接一支，青色的烟雾笼罩在房间上空。冯哲心里充满了仇恨，他突然将抽了一半的烟头摁在自己手臂上，霎时，一股烧焦的味道直冲进梅琳鼻孔。

“是我没保护好你！”他歇斯底里。

梅琳从床上跳下来，死死拉住冯哲：“我告诉你，我全都告诉你还不行吗？”

冯哲听完气得肺都要炸了。原来，他有事回老家后，梅琳在下夜班的途中突然遭到蒙面劫匪的绑架，她挣扎过，但一个弱女子怎么敌得过三五个壮汉呢？她被蒙着面，嘴巴还被一团破布堵住，然后，就在车上一路颠簸。后来，她失去了意识。有好心人把半昏迷的她送到医院，醒来她惊惧地发现，自己肚子上多了一条难看的疤痕。

梅琳哭倒在冯哲怀里，她的肩膀一缩一缩的，呜咽着说："医生说我的一个肾脏不见了，这可怎么好，我还不如死了干净！"

冯哲半晌无语。出了这样的事情，别说梅琳难过，他更难过。他无法想象歹徒的刀子在梅琳肚皮上划过时的那种疼痛，他只觉，痛到了他的心里，痛到了他的五脏六腑，痛得他真想一头撞在墙上。

他安慰梅琳："你先好好养身体，我一定替你报这个仇！"

人生绝不能错过艳遇

人生中有两样东西冯哲不愿错过，一是回家的末班车，二是对自己放电的陌生女人。当然，女人最好有点姿色。

当这两样东西奇妙地结合在一起时，冯哲想，如果错过那就是天理不容了。

其实冯哲在这所流光溢彩的城市并没有家，所谓的家，不过是他花了八百块租的一间阁楼而已。但是欧阳珊珊居然不嫌弃，她一进门就挽起袖子，该洗的洗，该擦的擦，不一会儿就把乱得像猪窝的房间收拾得清清爽爽。

冯哲看了看她，觉得自己今天收获真的很大。

他是在等末班车的时候遇到欧阳珊珊的，他觉得有点眼熟，就佯装看报纸，悄悄观察她。后来事情有点戏剧性了，从斜刺里冲出一个满脸胡茬的男人，男人一边拉扯欧阳珊珊，一边嘴里不干不净地骂道："贱女人，走，跟我回家！"

欧阳珊珊一边大力呼救，一边哭喊着朝众人解释她根本不认识这个男人。冯哲的脑子里突然闪过一道亮光，他想起了在微博上看到的妇女遇害案例，说是一些犯罪分子当街殴打女人，并强制带她们离开，而女人呼救并没有公众愿意伸出援手。当今社会，自己的事情都拎不清，谁还管别人夫妻的闲事？结果当然是犯罪分子得逞。

想到这，冯哲一脚踢过去，男人一看不妙，转身就跑。那一刻，冯哲觉得自己被一圈英雄的光芒笼罩着，所以，当欧阳珊珊可怜巴巴地说自己遭遇小偷身无分文时，他的英雄气概使他义不容辞地带欧阳珊珊回了家。

有时候，艳遇是使男人成熟的法宝，冯哲之所以这样想，更因为，与他好了没一个月的梅琳居然失踪了，走的时候留下一张字条：对不起，我不能把我的幸福赌注押在你身上，在你身上，我找不到安全感。

打扫卫生的时候，欧阳珊珊看到了那张字条，她捡起来看，冯哲冲过来一把夺了过去，他几乎是咆哮着说：“你们女人都一样，贱！难道只有钱才是评判感情的唯一标准吗？”

欧阳珊珊不明所以地看着恼怒的冯哲，她试图安慰他，却不知该怎么做。时空似乎静止了几秒，冯哲低垂的头抬起来的时候，他愣住了。

他看见欧阳珊珊水蓝色的裙子坠落在地，呈现在他眼前的是一具饱满、婀娜有致的女人裸体，朝他张开手臂。冯哲忽然觉得自己浑身的血液都涌上了大脑，那一刻他没法控制荷尔蒙剧烈的膨胀。

冯哲轻轻地抚摸欧阳珊珊白瓷般的肌肤，缓慢地吻过她的脚踝，她的小腿，蜿蜒而上，直到，捉住她艳丽的唇。

艳遇，真是艳死人不偿命！当眩晕的感觉袭向四肢的每一个细胞时，冯哲叹着气搂紧了欧阳珊珊。

残酷的真相

冯哲把自己的苦水一股脑地倒给了欧阳珊珊，说他和梅琳的相识相爱，说他准备娶梅琳为妻，说梅琳无缘无故丢了肾，说他没有正经工作没法给梅琳一个富足的生活……他抬起饱含热泪的双眼问：“你会离开我吗？”

欧阳珊珊正在搓洗冯哲的衣服，她的手抖了一下，这个细节被冯哲悄悄看在眼里。

她想说不想离开，可是这时她的手机响了，铃声尖锐刺耳。她扔下正在洗的衣服，奔到门外去接电话。

冯哲心底感叹一声：看来这辈子，自己只有艳遇的命，却无婚姻的命，没有哪个女人愿意跟着吊儿郎当的自己过日子，活该，谁让自己没本事呢。他觉得梅琳说的对，梅琳说他有臆想症，常常幻想得不到的东西，比如一夜暴富，比如找个像梅琳那么漂亮的女人做老婆，生两个孩子，过幸福小日子。

臆想症，想到这里，冯哲又不由自主想起了梅琳。她现在还好吗？她在哪里？

翁姗姗回来时，脸上滑过一丝不易察觉的惊慌。她钻进冯哲怀里，当她的唇与他相隔只有三厘米时，冯哲全身像是着了火，呼啦啦，噼里啪啦地燃烧起来。他忽地跃起，将欧阳珊珊拦腰抱起，只一瞬，他就和她缠绕在一起，难分难舍，欲死还休。

冯哲卖力地讨好着欧阳珊珊，电视里的肥皂剧声音很大，掩盖了欧阳珊珊在他耳畔的呓语：我真想一辈子在你身边……可是……

冯哲真想醉死在那场欢爱里永远不要醒过来。欧阳珊珊从他身下爬起来时，轻轻在他额头印了一个吻，说：“你看会儿电视，我去做饭给你吃。”

情深意浓的日子到底这辈子能不能够拥有，冯哲不知道，他只知道，当小小的房间里弥漫起香喷喷的饭香时，他忽然感觉肚子很饿，于是那顿饭，他比往常多吃了一碗。

冯哲不知是怎么迷迷糊糊睡着的，等他醒过来的时候，觉得四周笼罩着一种奇怪的惊悚。

一个小小的房间，灯光刺眼，房间四壁死样的白，弥漫着难闻的来苏水味道，耳边传来阵阵器械碰撞的清脆声音。

一个穿着白大褂的男人朝他走过来，举起针管，拿起他的手臂，没等他叫出来，针头已经刺进了他的静脉。意识渐渐消退，半梦半醒间，冯哲听见一个男人对另一个男人说：梅琳这丫头办事不力，还是梅雨厉害，一下子就把他放倒了。

谁是梅琳？谁又是梅雨？

冯哲无力去想，他的四肢渐渐失去知觉，思维也停止了。

握不到你的手

冯哲从没睡得如此香甜，醒后有一缕阳光透过窗户打在他脸上，刺得他睁不开眼。

听解救他的警察讲，是一个女人打的电话，他们赶到的时候，穿白大褂的男人正拿着一柄手术刀在他肚子上比划。

女人呢？冯哲惊恐交加，仍念念不忘欧阳珊珊。

死了。打那个电话时，她冲上了附近那座大楼的天台，是被人推下楼的。

冯哲心里一震。他只觉得瞬间似乎有万千支尖利的剑，齐齐刺向他的心脏，令他痛得无法呼吸。

只抓到了主刀的男人。年龄稍长的警察看着冯哲，竖起了大拇指："小冯，我向局里申报了，这次不但给你恢复职务，还给你通报表扬。"

因为一个案子被撤掉警衔后，冯哲一直不甘心，他离乡背井，跑到陌生的城市追查那个非法盗肾的犯罪团伙。他想立功赎罪，争取回到岗位上，他是那么热爱自己的事业。

现实永远比想象残酷，他遇到了梅琳，从而被爱情俘虏。有一阵子，他甚至想，他要和这个女人白头到老。可是他低估了这个女人，当他们有了身体的纠缠，她就不再满足于那一瞬间的快感，她不只要爱，还要安稳，要婚姻，要永远。

这些，冯哲给不了她。但欧阳珊珊就不一样，她什么都不要，她说："我只要跟你在一起，在一起就够了。"

爱情是什么，就是纠结。冯哲走在去见梅琳的路上，这样告诉自己。

梅琳看起来很憔悴，当看见穿了一身警服的冯哲的时候，眼睛瞪大了。冯哲心里滑过一丝隐隐疼痛。

梅琳眼睛里的哀伤令她看起来楚楚可怜，冯哲脑中不由自主地出现了一些回忆的碎片。

碎片一：冯哲用修长的手指抚过梅琳肚子上的疤痕，疼惜地问她："疼吗？"梅琳号啕大哭着说："疼，抱紧我！"

碎片二：每次撕心裂肺地欢爱，梅琳总喜欢玩SM，她说这样才有激情；每次被激情控制的冯哲都会在梅琳白皙的肌肤上留下一些伤痕，不过，梅琳说："爱情是开在伤痕上的罂粟，我喜欢。"

碎片三：冯哲跟踪了梅琳，他其实并没回老家，只是躲了起来，他亲眼看见梅琳从一家隐蔽的文身店出来，当晚，她的肚皮上就有了那道难看的疤痕，针脚粗大，可以乱真。

冯哲掸掉一截长长的烟灰。看来他猜得没错，梅琳的确有犯罪动机，她掌握了冯哲的一切医学资料，得知他的肾脏正是团伙老大急需的，如果卖给那个港商，会卖个好价钱。所以她走进他的生活，可是为什么迟迟不动手呢？

难道，她的目的只是提醒冯哲，犯罪分子在这座城市很猖獗？

这说明，她爱他？

爱是一场阴差阳错

案子水落石出了。把欧阳珊珊推下楼的男人交代，向警方通风报信的女人欧阳珊珊，因为要筹钱为家中重病的老父亲做手术，所以借下高利贷，误入歧途栽进犯罪团伙手中，团伙老大胁迫她勾引那些不得志的小男人，然后伺机下蒙汗药，只要把人送到他们的秘密手术室，她就可以拿到一部分钱，当然，团伙老大承诺，只要完成十个人的“任务”，就放了她。

整理欧阳珊珊的遗物时，冯哲从她的贴身衣兜里找到了一封手写信。她在信里写道：

我爱你，可我不知自己有没有资格说这三个字。

其实，遇到你，我第一次有了同病相怜的感觉，那种感觉里似乎还掺杂着爱情。我觉得，你才是我一辈子可以依赖的男人。在你狼吞虎咽吃掉我做的饭时，我动摇过；在路上，我动摇过；直到麻醉剂在你的血管里奔流的时候，我终于警醒了。

我怎么能对自己爱的男人下手？那岂不是蛇蝎不如？

握不到你的手，是我今生最大的遗憾。

请善待梅琳，她跟我一样，中了爱情的毒。

冯哲心里明镜似的，同样遭受胁迫的梅琳因为聪明，所以玩了失踪，而一根筋的梅雨，却香消玉殒。

冯哲又做回了一个小警察，重新和梅琳在一起，他向她求婚，问她："你愿意跟着我吗？我给不了你大富大贵的生活。"梅琳喜极而泣："我愿意跟着你一直到死。"

他拥着她，紧紧地。

每当家里升腾起烟火味的时候，冯哲总会想起欧阳珊珊，那个真名叫梅雨，是梅琳妹妹的女子。他把这个秘密掩埋在心底。他知道，失去梅雨，梅琳比他更心疼。

就像缪斯的诗里写的一样：我爱着，什么也不说；我爱着，只我心里知觉；我珍惜我的秘密，我也珍惜我的痛苦。

冯哲对自己说：臆想症，每个男人都会有，有时仅仅是对爱情的美好憧憬。

咫尺，却是天涯

不贪财的男人很难得

龙晓梅开车撞了人。

刺耳的刹车声划破了静谧的夜空，当那个男人哀号一声翻滚进路边的小沟里时，龙晓梅吓蒙了，低头寻找离合准备逃逸。

可她居然怎么也找不到离合。真邪门！

男人爬起来，踉跄着过来一头扑在汽车引擎盖上，脸上流着血，喘着粗气瞪着挡风玻璃后面的她。龙晓梅有点怕了，壮起胆抖着腿下车问他："我送你去医院？"

男人死盯着龙晓梅不说话，盯得她浑身发毛。

从男人走路的姿势龙晓梅断定，他伤得并不重。这让她稍微松了一口气。这年头儿，有钱能使鬼推磨，破财就能免灾。可是当她从挎包里掏出一沓钞票准备数一些给他时，男人摆了摆手："算了，轻伤。"

一般像这种情况，伤者要么死缠烂打去医院，要么给钱私了。否则，一个电话，交警就会赶来。所幸是深夜，这条路又有点偏僻，并无行人。而男人既没死，又没断胳膊断腿，龙晓梅暗自庆幸。

她掏出纸巾帮男人擦拭脸上的血污，这才发现这个男人其实长得真不赖，双眼皮，鼻梁挺直，脸部轮廓很有型。

借着橘黄的街灯，她感觉到，他看自己的眼神渐渐灼热，不可抵挡。龙晓梅还是坚持带男人去医院做了包扎。从医院出来，龙晓梅要了男人的电话。她说："我会一直负责到你康复为止。"

"好吧，我叫赵谦。"男人说。

半夜，龙晓梅坐在我的沙发上，讲完了所有细枝末节，摸出一支烟点燃，徐徐吐出一口烟雾："你说一个被撞了却没有趁机索取钱财的男人，是不是很难得？"

我拍拍她的头："是。"

爱情里遍地都是贱人

龙晓梅第二天就打了赵谦的电话，要了他的住址。

赵谦住在一栋陈旧的筒子楼上，楼梯昏暗，墙壁斑驳，楼梯里充斥着混杂不明的饭菜味。龙晓梅嫌恶地皱了皱眉。在303门口，龙晓梅停住脚步，门里传来剧烈的吵架声。就在她不知该进还是该退时，旧防盗门哗的一声拉开，冲出一个女人差点撞到她。龙晓梅捋了捋头发对女人说："我找赵谦，他在吗？"

女人一把将龙晓梅拽住，歇斯底里地冲赵谦吼："你就是为她才跟我分手的吗？"

龙晓梅厌烦地挣脱女人。赵谦坐在破旧的沙发上，突然，他冲过来一把将她搂进怀里，朝女人吼："对，莎莎，就是她，现在请你立刻滚！"

女人愣怔片刻，将龙晓梅从头到脚打量一遍，眼神从咄咄逼人瞬间变得颓败不已，活像斗鸡中失败的一方，垂下骄傲的头颅，然后，一声不吭地走了出去。

任何一个有自知之明的女人，在遇到比自己气场强大的女人时，都是这副德行。龙晓梅得体的打扮击败了她：香奈儿最新款套裙，在香港才能买到的路易威登限量包，仅这两样足矣。

赵谦解释："她就那臭脾气，我们合不来，可她死活不放我。"

他拍拍手："幸亏有你做挡箭牌，可算解脱了，谢谢你。喝点什么？"

"茶。"

龙晓梅后来跟我讲到这里时，咯咯笑起来："我和赵谦坐在他那旧得看不出颜色的沙发上喝茶，因为初次相识，所以两人都不知道说点什么才好。良久，我指着他的头问：'还疼吗？'他竟然凑过头来说：'你摸一下就不疼了。'唔，这男人可真会撒娇。"

这个我能想象得到，任何一个试图对女人有非分之想的男人，总会用各种花招去迷惑她，挑逗她，继而击溃她。看来，龙晓梅果然遇到了一个想要得到她的男人。

龙晓梅把赵谦缠着纱布的头揽进怀里之后，没有丝毫悬念，赵谦的唇贴上了龙晓梅的。冰凉的薄荷味。赵谦捧着她的头，开始吻她。他吻得很细致，先是逡巡在唇角，然后用舌尖撬开她紧抿的唇瓣，探进去，卷住她，缠紧，吮吸，辗转。她在他给予的深吻里沉醉，迷离，走失。

一吻未毕，龙晓梅大力挣脱出来，绯红着脸说："我们出去走走？我有点热。"

她还不想第二次见面就把自己的身体给他，她想再等等，等一个合适的机会。

赵谦伸手刮了一下她的鼻子，说："好，听你的。"

龙晓梅非常喜欢男人说这句话，这让她觉得很舒服。她跟前男友在一起的时候，前男友说东，她不能朝西，他说清晨做爱，她不能在晚上缠他。他在读硕士，要做选题，总是很忙的样子，很多个夜晚，龙晓梅独自睡在被窝里，听他敲击键盘或者翻书的哗哗声。等她昏昏沉沉睡去，他性致来时，会在半夜或者清晨粗暴地拉她起来做爱，毫无美感，纯粹就是生理发泄，做完他就背过身呼呼睡去。

那个男人很少吻她，即便吻，也是蜻蜓点水的敷衍。她有时非常渴望法国电影里那种让人浑身都战栗的舌吻，可是前男友从来不给她。

可是谁让她那么爱他呢？爱一个人，就贱，就落了下风。

她有预感，在她和赵谦之间，明显地，她占了上风。

人体宴是真，感情是假

龙晓梅正要发动引擎，手机提示收到短信："我爱上你了，怎么办？"

她没理会，风驰电掣般将车子开到我家楼下。

男人的胃口要吊足，这一点，她比谁都懂。

接下来龙晓梅有一周的时间没见赵谦，她关掉手机，去超市采购了一大堆食物，塞满了我的三门冰箱。我和她宅在屋里，看影碟，激烈争论吴彦祖和约翰尼·德普哪个更man。有时候我们也会沉默半天，各自蜷缩在一个屋角。

我和龙晓梅是发小，她去利兹留学这么多年，我们就没见过面，她这次回来后，我们整天腻在一起叙旧，无聊了就拎某个前男友出来狠狠地问候一通他的祖宗八代。

第八天，龙晓梅打开手机，上百条短信蜂拥而至，都是赵谦的。

我想你。

我爱你。

为什么关机？你在哪儿？

亲爱的，不要再折磨我了，我要见你……

龙晓梅把询问的眼光抛给我，我说："打电话给他让他过来，我躲起来。"

龙晓梅起身进了浴室。温热的水流打在她光洁的胴体上，坚实的乳房，柔滑的腰线，翘挺的臀，每一寸肌肤都宛如凝脂。镜子里的她更是拥有一副无可挑剔的容颜。

我靠在浴室门边看着她，听她冲我喊："我这么好的身材，那些男人是瞎了眼吗？"

提起她的那些前男友，龙晓梅简直就是咬牙切齿地恨。据她所说，她交往的所有男人平均不出一个月就会跟她提分手，这让她对男人异常痛恨。

其实不难想象，每一个为男人付出初恋情怀和处子身的女人，要么爱他爱得翻天覆地，要么恨他恨得刻骨铭心。龙晓梅不过是经历了几场无疾而终的感情，其实对于男人，我比她恨得更歇斯底里。

赵谦摁响了门铃。我转身走出房间，来到飘窗后面的晾台上，找了个合适的位置。从我的视线看过去，左边刚好能看见卧室，右边则对客厅一览无余。

看到龙晓梅住的房子居然如此奢华时，赵谦的喉咙里发出一连串的啧啧赞叹。当他回转身来，原本裹着浴衣的龙晓梅片刻之间就不着一缕，她看着他的表情瞬息万变，咯咯笑了，拉起他的手放在自己的胸脯上。

“抱我。”龙晓梅呢喃道。

赵谦猛地抱起龙晓梅，像电影里那样，一圈一圈旋转，旋转。强烈的晕眩感遍布龙晓梅浑身的每一个细胞，转到卧室的时候，龙晓梅指着墙角的保险箱对他说：“我有很多很多钱，可是没有很多很多爱。你说我是不是很可怜？”

这时候的赵谦已经沸腾起来，他的唇霸道地侵袭了她的口腔。

倒下之前，龙晓梅阻止他，说：“等下。”

她光溜溜地去酒柜拿了一瓶产自波尔多的原装红酒，冲赵谦嫣然一笑：“亲爱的，我们玩人体宴。”

对赵谦而言，那是极其丰盛的一道大餐。

血红的酒一点点倾倒在龙晓梅的皮肤上，从锁骨至乳房，蜿蜒，绵延，直到平滑的小腹。赵谦一边吸吮那些液体，一边用手指战栗地游走在她曼妙的身体上。

他们在馥郁的酒香里做了一次。做第二次时，赵谦捂着头说他有点累，需要休息一下。

他的眼皮开始掐架，龙晓梅跳下床来到飘窗上，冲站在窗帘后的我挤了下眼睛：“搞定了。”我点点头，走进房间。赵谦裸着身子躺在我的床上，眼睛微闭着。我俯下身子看他，这个男人，裸着也好看，坚实的腹肌，健康的小麦色肌肤，腰部看起来很有力。

我轻吻了一下他的额头，站直身子，感觉鼻头有点发酸。

龙晓梅大声问赵谦：“你认识张小觉吗？”

很显然，赵谦惊了一下，但他无法抗拒严重的睡意。我上前使劲拍他的脸把他拍醒，趴在他脸上说：“我就是张小觉啊，我没死，你不认识我了吗？”

赵谦像是被炭火烫了一下，一下惊醒，猛地坐起来，眼睛里充满恐怖。

“混蛋！”我掌掴了他。

绝非偶然

赵谦就是我那背信弃义的男友。那时，窘迫的家境使他的读研生活难以为继。而我，虽出身优渥，却没喝过多少墨水，极其渴望与满腹诗书的男人相爱。为了得到不掺杂金钱的真爱，我乔装成打工妹，在油腻的小餐馆洗盘子，然后把洗盘子换来的钱全都拿给他用。赵谦信誓旦旦地对我说过："张小觉，我会爱你，一直，永远，不离弃。"

"我信。"沉迷爱情的女人总会轻易相信男人的誓言。

所以他要电脑，我给他买；他要 iPhone 4，我给他买……怀孕那天，我惊喜若狂地告诉他，并说我们该结婚了。没想到他却冷冷地说："去打掉，现在就要孩子，你是不是疯了？"

我的大厦瞬间倾颓。没几天我亲眼看见他搂着一个漂亮女孩招摇过市。

女人被逼急了真的是什么事都做得出来，我威胁他，说会把孩子生下来，抱到他系里去搞臭他。

乞求威吓都没用，我只有以泪洗面。令人匪夷所思的是发生在他出租屋的一场火灾，他逃了出去，而我"葬身火海"。后来通过调查我才知道，那把火是赵谦蓄意而为，想把我烧成一把灰。

我爱的这个男人可真是绝，为了自保，不惜让我死。我终于看清了这个男人的嘴脸，也终于清醒了，不再迷信爱情。

可赵谦打死都想不到我居然还活着，只是隐匿了。我的半边脸被毁，尽管做过多次整容，却仍旧无法恢复原本姣好的脸庞。我大多数时间宅在父母为我新换的房子里，痛苦得几欲轻生。龙晓梅回国后得知了我的遭遇，愤愤不平地说一定要替我出这口恶气。

报复一个负心情郎，最好的办法就是让他爱上一个有钱女人，然后剥开残酷的真相，把他一巴掌打到十八层地狱！快意泯恩仇，江湖上不都是这么干的？我甩出大把的钞票给龙晓梅，让她武装自己，然后开着大红色的宝马“撞”了赵谦。

一直致力于寻找富家女的赵谦怎能错过天赐的泡妞良机？把钱看得比感情重要的他，一头栽进我和龙晓梅设的局。

我在红酒里加了微量的安定，那一点，足以让他乖乖任我们摆布。一切都按照我的计划严丝合缝地进行。

警察冲进我家的时候，看到了这样的场景：我和赵谦晕倒在客厅，而龙晓梅被赵谦五花大绑在床上，保险柜大开，所有的现金都在赵谦的包里。警察推断出的事件始末与我的讲述吻合：赵谦进入房间时家里只有龙晓梅一个人，他强暴了她并且绑起她逼问保险柜密码拿走现金，这时我回到家里，我们发生了肢体冲突……

等我清醒后录完口供，赵谦已经被警察控制了。他几欲申辩，可是铁证如山，谁会听他的？其间，他说道，龙晓梅是他的女友，他们不过是在做爱而已。这句话一出口，龙晓梅就冲过去唾了一口唾沫在赵谦脸上。

我趴在窗台上看着赵谦被呼啸的警车带走，眼泪终于不受控制地流了下来。

爱在天涯

我背起行囊离开了这座伤痛之城。

离开之前，我给龙晓梅留下了一封信：“晓梅，只要我活着一天，我就不会忘记，十六年前的你和我，曾在开满雏菊的河岸边相互许下诺言，那时我们对这个世界充满了懵懂与无知，你说你爱我，我也是。其实我知道，这些年你努力过，你试图用男女之爱来救赎自己，却每每被男人伤了心。可是你知道吗，爱是原罪，谢谢你爱我，可我更爱赵谦，即使他身陷囹圄。”

转身的时候，心有点疼。

当然，我不会等赵谦出来，已经破碎和绝望的爱，如何还能破镜重圆？

当然，我这辈子都不会再见龙晓梅，我要永远地从她的生活里逃遁出去，并真心祈愿，她能彻底从对我的爱里走出来，找到一个她真正爱也爱她的男人。

水晶耳坠引危机

男人光有好皮囊不行

覃佑铭睡得天昏地暗的时候，被一阵急躁的电话铃声吵醒，他从枕边摸起手机摁下接听键，是个女人，声音沙哑中透着明显的疲惫："是覃先生吗？我想跟你合作，能否面谈？"

覃佑铭赶紧说行行行。女人说了见面地点，他一个鲤鱼打挺从床上蹦了起来，冲进卫生间洗了个冷水澡，挑了件比较体面的衣服穿上。出门前，他对着镜子里又帅又高又有气质的男人打了一个响指自言自语："武熙熙，哥们儿没有女人，照样活！"

这间三十平方米的蜗居位于榆树街333号，虽然地方不大，但是被武熙熙收拾得温馨而浪漫，粉紫碎花窗帘，粉蓝桌布，就连他和她的拖鞋，都是带着卡通图案的情侣鞋。可就这样一个对他们的爱情充满高涨热情的女人，却突然失踪了。

她就像炎炎烈日下的一滴水，掉在滚烫灼烤的水泥地上，瞬间蒸发，踪影皆无。

覃佑铭掰着手指算，武熙熙离开他已经三天了，没说去哪儿，也没拿换洗衣服及洗漱用品。第一天，覃佑铭想着她在外面逛累了，晚上就会回到自己身边，可是没有。第二天，第三天，武熙熙还是没回来。

其实也怪覃佑铭，三天前，他和武熙熙闹了点小别扭。那天是武熙熙的生日，覃佑铭带她去逛商场，说衣服随便挑他给她买，还暗示她，准备在这天向她求婚。他的兜里揣着一条早已买好的水晶项链，他觉得这条项链晶莹剔透，配得上他和武熙熙的纯真爱情。

可是，路过金店的时候，武熙熙一头扎进去，非要覃佑铭买给她心仪已久的钻戒。她眼神灼灼地看着他说："你不是要向我求婚吗？喏，就要这个吧。"

钻戒不大，但覃佑铭囊中羞涩买不起，他低声下气地跟她说，他肯定给她买钻戒，不过得等他有了钱，到时给她买更大的。但是，武熙熙像变了个人似的，当着两个捂嘴偷笑的女店员的面骂覃佑铭是"提不上台面的窝囊废"，然后头也不回踩着高跟鞋走掉了。

覃佑铭当时很生气，很无语。现在的女人怎么都这么势利，恨不得钱就是爹妈，只要有钱，男人老点丑点都无所谓。而像他这样生就一副好皮囊的男人，只是手头紧点满足不了她日益膨胀的金钱欲，就活该落下个窝囊废的名声？

他骂骂咧咧地走出商场，回到榆树街 333 号，三天三夜没下楼。饿了吃泡面，渴了喝凉水，吃饱喝足就睡觉。

他觉得很爽。

风情万种的女人

覃佑铭打车前往女人约见面的茶馆。路上又堵车了，拥挤的车流令他头痛欲裂。

最近，覃佑铭常常头疼，医生说他这是用脑过度需要休息，可他不能歇，因为他要尽快攒钱，好给武熙熙买钻戒。医生最后给他的诊断是强迫症。

覃佑铭承认，医生的诊断正确，他一直强迫自己变成有钱人，或者说，强迫武熙熙只爱他一人。

所以，在武熙熙果断地离开时，他没有追她，而是发誓再做最后一单生意，就金盆洗手干点正经营生，他相信武熙熙会自己回来。

其实覃佑铭的不正经工作是开了家皮包公司——真爱调查所，生意不太好。所谓真爱调查，说白了就是私家侦探，只不过听起来更冠冕堂皇些罢了。

茶馆位于一条背街上，覃佑铭进去的时候，女人已经在约定的包厢等候良久。裹在一袭略显华贵的黑裙下的女人虽然很瘦，但腰细胸大。

女人摘下墨镜："你就是覃佑铭？"

覃佑铭装出一副正经样子："有事请直说，这是行业规则。"

"那好，我需要你配合我做一个游戏。酬劳优厚，但你必须随叫随到。现在就开始？”

覃佑铭见过痛快的，没见过这么痛快的，在他以往做过的单子中，很多怨妇往往一上来就甩出一沓艳照，然后悲愤地说：“一定要把这个男人的所有龌龊事给我翻个底朝天！”

苏雅却不同，对，她说她叫苏雅，心理诊疗师。她开给覃佑铭一天两千块，按天数算。

覃佑铭乐疯了，打算多磨叽她几天。这样，买下那枚钻戒就不在话下了。

苏雅坐在沙发上，两条裸露在外的纤细小腿规矩地并拢，微微斜向一方，知性，有涵养，无端地给覃佑铭留下第一眼好印象。

她拿出一部手机，让覃佑铭按照她纸条上所写的内容，与即将拨打的电话里的男人对话。拨通电话前，苏雅与覃佑铭进行了短暂的沟通。她说：“你必须装作一个无耻、下流、猥琐的男人与对方交涉，我要的结果就是击溃对方的心理防线，然后……”

覃佑铭注意到，苏雅漂亮的眼眸里瞬间滑过一丝哀伤。

“然后什么？”覃佑铭问。

她没有回答，娇眉微蹙，拿过手机发出去一段视频，然后把纸条递给覃佑铭，顺便拨通了电话。

电话通了。对方显然已经看到了视频，听筒里传过来的声音有些哆嗦。覃佑铭压低声音，调整了一下呼吸，用街痞流氓的语气照着纸条念出了第一句：“你老婆可真迷人。”

男人显然一惊：“你是谁？”

按照苏雅的指示，覃佑铭当然不会回答他的问题，他按照纸条又念出了第二句。这句稍微有点长，覃佑铭先在心里顺了一遍，然后阴阳怪气地念道：“消瘦的女人通常胸部都很平，可你的老婆却很丰满，摸起来是什么感觉？会让你很兴奋吗？胸大的女人亲热起来声音也一定很大吧？”

这几句显然击中了男人的七寸，男人结结巴巴地回答覃佑铭：“那当然。你不要挂电话！”

事情进行到这里，覃佑铭很想猜测一下苏雅与男人的关系。首先，他排除了夫妻关系，那么男人是苏雅的情人？苏雅因为得不到他对自己许下的婚姻的承诺，一气之下通过这种手段逼宫？

女人总是比男人更容易失去理智。

在覃佑铭念完那一长溜性感火爆的句子时，他没法不对身边这个女人产生兴趣。他稍加玩味地打量着苏雅，肤白，消瘦，胸大，甚至有点汹涌的味道。

“今天就到这里。”苏雅拍给覃佑铭两千元扭身便走。

覃佑铭觉得这个女人的气场太强大了，他就像一枚失去灵感的指南针，在这强大的气场笼罩下找不到北。

棋逢对手

覃佑铭觉得自己陷进了一个迷宫，谜一样的苏雅正带领他玩一个奇怪的游戏。每次她来找他，都会请他跟那个男人对话，那些暧昧、私密的问话从覃佑铭的喉间一个字一个字地涌出去，常常令他身体不自觉地潮热、饱胀、难耐。

两天后，苏雅报出地址请覃佑铭上门完成当天任务，说是特殊情况，会给他额外加一千元。

覃佑铭欣然前往。

覃佑铭进门的时候，男主人刚好要外出，他向覃佑铭微笑颔首，回首又对苏雅说再见。苏雅表情僵硬理都不理男主人，男主人尴尬地打开门大步流星走了出去。

房子装修奢华，却处处透露出一种冷清的肃杀。覃佑铭以自己多年私家侦探的灵敏嗅觉，隐隐捕捉到一丝不和谐的讯息：如此漂亮的房间里竟找不到一张夫妻合影，这说明什么？说明他们之间有着不可调和的矛盾。

苏雅解释，之前与覃佑铭通电话的男人叫乔大林，是她丈夫，就是刚从这里走出去的男人。

覃佑铭的思维一下子混乱起来，他很想问苏雅，她在做什么？原因又是什么？

苏雅没有给他机会，拿出纸条说："喏，继续。"

覃佑铭拨通乔大林的号码。乔大林没等覃佑铭说话就语无伦次地请求见面，覃佑铭阴笑了一声说："乔大林，你们每周至少要做三次，对吗？"

乔大林唯恐他挂掉电话，惊慌失措地顺着他的意思答："最少也要三次了。"

覃佑铭嘎嘎笑着继续："你可真厉害！我喜欢温柔地搞，不喜欢粗暴，你喜欢哪种？"

乔大林的回答让覃佑铭差点笑喷，他内心明明充满恐惧，却还装作镇静地回答："我两种都喜欢……你在哪儿，我要见你！我要见你！"

覃佑铭挂了电话。因为他听见苏雅在哭泣。

一个压抑着满腹悲伤的女人哭起来很难不让人动容，覃佑铭揽了揽她的肩，想给她一丝安慰，她却冷不丁问他："男人为什么都喜欢撒谎？他带孩子出去出了车祸，我明明看到他和一个女人在一起，他却矢口否认。"

苏雅的眼睛里充满了仇恨："只要他肯承认背叛了我，我就此罢休，我最恨男人说谎！"

覃佑铭飞快整理了一下思绪。其实苏雅使的招数很简单，她利用心理学知识，通过匿名电话给乔大林施加压力，从而逼他防线崩溃讲出自己背叛婚姻的事实真相。

覃佑铭不由得失笑，看来，职业本能令他把事情复杂化了。

苏雅哭倒在覃佑铭怀里，她薄衫下的乳房饱胀着，抵在他的胸口。是个男人都没法拒绝到手的诱惑，更何况，武熙熙的离开是那么决绝，他急切需要用另一个女人的慰藉来赶走心底的不痛快。就如同，苏雅需要用他来报复乔大林。

苏雅像鱼一样滑进覃佑铭身下，她沉默着，扑腾起白色的浪花。那些浪花狠狠打在覃佑铭身上，让他雀跃，欢喜，骁勇异常。他将她用力揉进自己的身体里，问她："你爱他，对吗？"

她不回答，更加缠紧了他。

沉默对决，喘息也压到很低。这是一场真正棋逢对手的性事，所向披靡，战无不胜。

结束后，覃佑铭站在窗边点了支烟。窗台上一枚水滴状的水晶耳坠引起了他的注意，他顺手捻起来看，被苏雅一把夺过去，并迅速放进化妆包。

覃佑铭看见，她脸上的表情瞬息万变，居然有点怪异，不安，慌乱。

爱是安全的存在

第二天，苏雅约覃佑铭去茶馆时，覃佑铭说："不用跑那么远，我就在附近，马上到你家。"

说实话，覃佑铭不是贪恋昨日一晌欢情，而是想再看一眼那枚水晶耳坠。

乔大林不在，苏雅这次的纸条上写着：你会和你妻子一起洗澡吗？

覃佑铭问乔大林，乔大林的回答镇定自若："当然会，夫妻都会。"

接下来的句子完全出乎覃佑铭意料了，但他不得不硬着头皮耍出一副流氓样："你妻子是我喜欢的类型，腰细胸大，让我试一下行吗？就一次。"

乔大林没有回答，听筒里是长久的沉默，覃佑铭听见了杂乱的脚步声。紧接着，事情变得无法掌控。门被突然打开，几个警察冲了进来，乔大林握着手机跟在后面，神情看起来很悲伤。

警察用枪指着苏雅。没想到这个瘦弱的女人居然释然一笑，耸耸肩说："跟我来。"

那是一间摇曳着昏暗灯光的地下室，角落里，被麻绳捆绑着的女人已然奄奄一息。覃佑铭惊叫一声扑了过去，居然是武熙熙，失踪了整整一周的武熙熙！警察解开捆缚武熙熙的绳子时，她哭着用力甩了覃佑铭一个耳光："覃佑铭你个窝囊废，你为什么不找我？我以为你会出来追我……"

覃佑铭紧紧抱住武熙熙，任凭她在自己肩头啃、咬、抓。

是覃佑铭报的案，那枚耳坠引发了他的怀疑。他在苏雅卧室看见的耳坠和武熙熙耳朵上戴的耳坠一模一样，那是他花三十块钱从地摊上买的，武熙熙很喜欢。

苏雅涉嫌非法拘禁。警察的问讯结果显示，苏雅赶到车祸现场时晚了一步，武熙熙已经把吓得瘫软的乔大林和受伤的孩子送往医院。苏雅赶到医院时，恰好看见乔大林握着武熙熙的手千恩万谢，她掏出手机拍下了那段视频，然后等在走廊出口，找借口将武熙熙哄上了她的车子，随后对她用了催眠手法，把她软禁在地下室。

这一切，乔大林毫不知情。那些天，他奔走在大街上，寻找那个危急关头把孩子送往医院却踪影全无的女人，他只是想还给她一枚她仓促丢失的耳坠。

收到陌生手机号码发给他的那段视频，他不怕，他没做亏心事，但是电话里那些充满情色的话让他以为自己的妻子受到了威胁，他很惧怕，他要苏雅安全。

乔大林递给覃佑铭一支烟，落寞地说：“我妻子医好了许多人的心病，却医不好自己的，她总是怀疑与我接触的任何女性。我爱她，可是爱不是说出来，而是从点滴中做出来的。”

覃佑铭羞赧地点头，心想，他该砸锅卖铁去买那枚钻戒，然后向亲爱的武熙熙求婚了。

沐浴在爱的谎言

来路不明的女人

李宁的拳头雨点一般落下的时候，人们纷纷围上来看热闹，这年头人人都自保，谁会管闲事管到人家两口子身上？看客的冷漠助长了李宁的男人威风，他一边继续拳脚暴力，一边口出不逊：“你这个不下蛋的鸡，老子白养活你了！”

就在李宁的手再一次抡向半空的时候，有人拦住了他。他抬眼一看，是个瘦弱的女人，个子不高，眼睛里却有种他从未见过的坚毅。没等他反应过来，女人一巴掌拍向他，杏目圆睁，吼道：“打老婆算本事？谁知道是不是你的毛病？”

围观的看客不约而同地倒吸一口冷气，在榆树街，谁不知道李宁是出了名的坏脾气？他开商铺挣了不少钱，三代单传的他这辈子最大的梦想是有个儿子，可老婆文芳的肚子却偏偏不争气，结婚三年了迟迟不见动静。

起先，李宁以为是机缘未到。这世道，爱情讲究机缘，升官发财讲究机缘，传宗接代对于某些人来说就更讲究机缘了。

可是，渐渐地，李宁就不淡定了，他不能叫一条街的人看他老杜家的笑话，所以，他把这股怨气通通发泄到了文芳身上。

空气有一刹那的停滞，李宁住了手，女人拉起倒在地上的文芳，神态自若地替文芳整理散乱的头发，然后看也不看李宁一眼，拉着文芳走进斜对面的一家小店，把李宁晾在那里。

围观者中有人吹了声口哨，还夹杂着嘲笑的窃语。李宁何时受过如此大辱，他气得脸色红一阵白一阵。他挤出看热闹的人群，径直扑到小店门口，刚要闯进去，女人转身摸了把菜刀堵在门口，朝他拉开架势再次吼道："有种你就跟她离婚，别以为她离了你就活不下去！"

这下，李宁彻底懵了。他发现自己不能小瞧眼前这个女人，她这句话正戳中了他的心窝子。不知从什么时候起，他夜夜躺在文芳身边想着离婚这件事儿，然后找个能生孩子的女人重新成个家。世上女人多了，想嫁给他的也不是没有。可，文芳既贤惠又没有任何过错，他凭什么因为她不能为老杜家添香火就赶走她？

可这个女人是谁呢？她是什么时候出现在榆树街的？又是何时开了这家小店？

李宁看看女人，再看看文芳，文芳在低头啜泣，他就贸然来了句："这是你的意思？"

"离婚。"文芳低声说道。

劫后逢生

一直以来，李宁以为纵使离婚也是他先提出来。文芳平素对他仰慕，爱慕，甚至带点低声下气的味道，她怎么会提离婚？除非她长了反骨！

所以，他一直有恃无恐地接受着文芳对他的各种好——洗衣做饭，在床上俯首承欢。

现在，“离婚”两字从文芳嘴里说出来，李宁突然有一点点的退缩，他忽然想起他和文芳相爱过的日子。那时候，他们年轻得不像话，每天黏在一起，只觉时光短暂，不够相爱。

后来结了婚，过了很长时间的拮据日子，他们商量着等赚够很多很多钱，就生个可爱的孩子。

如今有钱了，一切却背道而驰，可是，真要终结当初的美好吗？连续几个夜晚，李宁辗转反侧不能眠。他在想，文芳是疯了吗？究竟要闹哪样？

文芳的态度不容置疑，李宁性子直，而且男人的自尊使他无法对文芳说一句挽留的话。很快，他们就办了离婚手续。离婚当晚，李宁在街头的小酒馆喝了个酩酊大醉之后，踉跄着回到家，看着突然空下来的房间，他把自己蒙在被子里号啕大哭了一场。哭完，他爬起来，一摇三晃地出门走到街对面，“咣咣咣”地擂女人的店门。

他想，他现在落了个抛弃老婆的恶名，这笔账得算在这个女人头上。

女人惺忪着睡眼来开门，看见是李宁，便撩了撩肩头的长卷发，怒道：“大半夜闹鬼啊？”

李宁没说话，硬把自己挤了进去。这是家理发店，店面很小，里面很逼仄，房间后面用一条布幔隔开。李宁勉强撑直身子，指着女人叫嚣：“说吧，你有什么目的？为什么撺掇我和文芳离婚？或者，她给了你什么好处？”

女人扑哧一声笑了，揶揄道：“你跟你老婆离婚关我鸟事？你瞧瞧你，像个大男人吗？”

李宁没想到会遭此奚落，他借酒壮胆，抓住女人的手臂，狠狠地将她固定住：“我像不像个男人，你说呢？”

李宁原本想着女人会再次发飙，或者拿菜刀将他赶出去，但是没有，女人居然欲推还迎，倒在了他的怀里。这倒让他有点无所适从，女人的呼吸软软地扑过来，发丝拂在他的脖颈，令他浑身血脉贲张。

那晚的剧情实在太过俗套，李宁吻了女人，而女人则缠着他倒在了布幔后面的单人床上。她躺在他的身下，迎接了他一次比一次更为骁勇的俯冲。整个过程，他觉得自己的四肢百骸都被这个女人融化了，她要他，他给她，她花样百出，他骁勇善战。

事后，李宁完全清醒了，他穿起衣服就要走，却被女人拦住去路。女人看着他，一字一句地说道："李宁，我喜欢你，现在你已离婚，能不能考虑和我在一起？我会为你生个孩子，或者，两个都行。"

这句话从女人嫣红的嘴唇里吐出来，李宁觉得自己简直是劫后逢生，因为他发现，灯下的女人肤白貌美，更重要的是，她的臀看起来很饱满，一看就是很能生孩子的那种。

你爱我吗？我爱你

没过几天，榆树街再次传出新闻，刚和老婆离婚的李宁又结婚了。事情转瞬之间传得沸沸扬扬，有人骂李宁没人性，只闻新人笑，不见旧人哭，被窝才冷了几天就按捺不住寻了新欢。也有人对桑妮指指点点骂她是狐狸精，说她肯定是看中了李宁的钱，否则，一个年轻单身女人为何要嫁给一个离异男？

各种说法，各种鄙视，不过，桑妮却坦然得像听不见一样，全心全意做起了家庭主妇，每天早上挽着菜篮子去菜市买菜，下午则安安静静地坐在小洋楼的二楼阳台上绣十字绣。李宁从外面回来，她会像只花蝴蝶一样飞奔到门外，笑着接过李宁手里的包。

李宁很满足，夜夜拥着桑妮腻滑的身体酣畅淋漓，渐渐地，他发觉自己爱上了这个来路不明的女人。

人们总是习惯接受眼睛看到的，渐渐地，榆树街的人们忘记了文芳，更习惯于李宁的老婆叫桑妮。

那天，桑妮给了李宁一个他梦寐以求的好消息：她怀孕了。李宁刚进门，一下子没反应过来，几秒后，他抱起桑妮在原地转了几个圈，幸福的眩晕让他觉得生活是如此美好，他一连串问了桑妮好几句："真的吗？真的吗？真的吗？"

"千真万确。"桑妮笃定地点点头，然后问他，"你会爱咱们的孩子，对吧？"

"爱，爱！我会把他（她）当祖宗一样地'孝敬'。老婆，谢谢你！"说了这句，李宁的眼眶湿了，许久以来对孩子的渴望如今变成了现实，他能不感激涕零于眼前这个女人吗？天知道他想当爹都快要想疯了！

这时，桑妮抚着肚子，似乎在问他，又似乎在自言自语："你爱我吗？我爱你。"

"我爱你"这三个字，有很多年李宁都不曾说过了，以前他和文芳爱得如火如荼时几乎天天挂在嘴边，觉得说一万遍都不过瘾，后来，就不怎么说了，爱情渐渐被柴米油盐酱醋茶淹没，取而代之的是麻木不仁的机械般的生活。

可现在，他回答了桑妮，他说："我爱你。"

桑妮笑了一下，那笑容意味深长。

桑妮怀孕的消息无疑长了李宁的男人威风，他牵着桑妮在榆树街上晃荡，见到熟人就发烟，然后指着桑妮的肚子自豪地告诉人家："嘿嘿，老婆有喜了，我快要当爹了。"

前任是浮云

那天，李宁的车被堵在闹市区，正无聊间，他扭头看见一对熟悉的身影：一个是桑妮，他的现任老婆；一个是文芳，他的前任。她俩亲密地走在林荫道上，不知在窃窃私语些什么。

李宁有点发懵，他想不明白桑妮和文芳有什么好说的，也想不通为什么面对前夫的现任老婆，文芳不但没表现出嫌恶，相反还特别友好，这不符合常规呀！正自觉蹊跷，绿灯亮了，李宁驾着车随着车流缓缓驶去，后视镜里，他看到两个女人依旧在谈笑风生。

晚上，李宁没有提白天看见桑妮的事情，倒是桑妮给李宁夹了一筷子菜，认真地问他："假如我有什么不测，你会和文芳复婚吗？"

李宁愣了几秒，他以为他和桑妮现世安好，无论如何也不会出现桑妮说的什么不测，所以，有点生气地制止她继续臆想下去："说什么呢？你是我孩子的妈，咱们得好好地过下去，不要再提文芳了，她会有她自己的新生活。”

是的，前任犹如浮云，过去了就过去了，再提起来有什么意思？

桑妮却咄咄逼问：“假如呢？”

李宁放下筷子，看着桑妮：“以前我爱过她，也是因为爱我们才结的婚。可是现在不同了，我爱的人是你，你呢？”

“我也爱你。”

桑妮的眼眸里闪过一抹光亮，她低着头，眼泪扑了出来。

一语成谶

数月后，桑妮生下一个大胖小子，李宁高兴得像中了头奖。儿子满月那天，李宁在全市最好的酒店大摆筵席，酒至微醺，他想起应该在这个喜庆的日子里对桑妮说声谢谢，感谢她圆了他做父亲的梦。他从饭店捧了一盅香浓的鸡汤打车回到家，进门却吓了一跳。只见抱着孩子的女人不是桑妮，却是文芳。

李宁一下子愣怔在那里，他抓着头发搞不懂眼前这是怎么回事。

“桑妮呢？”他问文芳。

不知道。文芳拿出手机让李宁看桑妮给她发的短信，短短一句话让李宁瞬间手脚冰凉：“我走了，你过来照顾孩子。”

随后，文芳哭着告诉李宁，其实，那天李宁当街打她之前，她就认识了桑妮，两个人渐渐无话不谈，桑妮曾问过她："如果我替你给李宁生个孩子，你愿意暂时与他离婚吗？"

文芳说她愿意。女人是爱情的裙下之臣，一旦爱上某个男人，就会心甘情愿为他做任何事情。文芳爱李宁，深至骨髓，她不愿看着李宁整天为了孩子的事情愁眉苦脸。

她和桑妮经常见面，桑妮怀孕后，常在她面前说："李宁是个好男人，如果我不在了，请你好好爱他和孩子。"那时的文芳没想到桑妮居然一语成谶，她选择了在孩子满月这天失踪，就像她出现在榆树街一样，毫无预兆。

第二天，在快捷酒店，李宁见到了死去多时的桑妮。她服了大剂量的安眠药，脸色恬静，嘴角挂着一抹若隐若现的微笑，像睡着一样。

警方在桑妮贴身的衣兜里找到一张照片，照片上，桑妮和一个俊朗的男子甜蜜依偎在一起，照片的背面，用蓝色水笔写着一行娟秀的小楷：爱你，一生一世。

所有人都不知道，李宁当然也不知道，桑妮的离开与任何人无关，她只是无法从男友出车祸死亡的阴影里走出来，而决定找个人结婚，顺理成章生下男友的遗腹子，然后，毫无牵挂地随男友而去。她爱逝去的男友，无法抑制悲伤独活，只能选择一个渴望孩子的家庭，让男友的血脉延续在这个世界上。

李宁不知道，因为爱他，文芳一直在扮演那个不会生育的角色，其实，真正的毛病出在他自己身上。

曾经，他那么轻易地相信了桑妮的谎言——“我爱你”。其实，她根本不爱他。

他还轻易相信了文芳的谎言。事实上，她之所以爽快答应和他离婚，并不是因为不爱他，恰恰是因为一如既往地爱着他。

爱是一种令人费解的东西，女人更是。

安顿好桑妮的后事，李宁拖着沉重的双腿回到家。文芳抱着孩子在屋子里哼摇篮曲，从窗帘射过来的一缕阳光打在她的脸上，映出母性的光辉。那个场景让李宁眼眶一热，他走过去，轻轻地抱了抱文芳。

爱是一场桃花劫

漂亮老板娘

总有人说，老林走了桃花运。

苏桃天生一副美人胚子，腰细臀翘，两只乳房把中规中矩的衣裳撑得紧紧的，那些来她店里买烟的男人磨磨蹭蹭，总要用眼睛把她身上来回刮个遍。

她装作看不见，该干吗干吗。有皮厚的单身老男人会趁老林不在的时候斗胆问她："妹子，哥真是不忍心看你一朵鲜花插在牛粪上啊，啥时离开他跟我过？"

这时，苏桃就会停下手里的活，面无表情地回一句："滚。"男人就讪讪地滚了。

所有对苏桃垂涎三尺的男人都想不通，特别是隔壁五金店的老板——离异男人阮东年——更想不通：老林要长相没长相，要个头儿没个头儿，不就命好祖先给留下一座三层小楼嘛，我店铺虽然是租的，但不比他差钱，苏桃凭什么死心塌地地跟着他过日子？

阮东年总会在走出苏桃店门的时候狠狠吐口唾沫，骂一句："这世道真是没人性！”

可又能怎样？苏桃显然对自己的现状很满意。她两年前身无分文来到这座城市，是老林收留了她，那时，她就已经想好了，要跟着这个老实巴交的男人好好过，给他生几个孩子，直到老眼昏花，牙齿掉光，也要煮饭和他一起吃。

老林在自家的小楼底层开着这家便利店，有了苏桃后，老林慷慨地把财政大权交给了苏桃，苏桃从一个落魄的流浪女人摇身一变，成了正阳街上最漂亮的老板娘。

老林整天开着一辆面包车取货，送货，有时也去外地谈谈小生意。苏桃守着便利店，也不打牌，也不跳舞，空闲了，就坐在收银台后面一张张地数钱。

人们从没听到过他们吵架，他们那么恩爱，白天在一个桌上吃饭，晚上在一个被窝睡觉，兴致来时会有一场妥帖的性爱。只是很多时候，老林在上面卖力，苏桃却在下面失神，甚至恍惚想起另一个男人的面孔。

爱是难以杀死的病毒

每到月末，苏桃都要去一趟邮局，当然，她是瞒着老林去的，去了也不说话，填张汇款单，匆匆递进去五百块，办妥后，再匆匆地返回店里。

那天，老林又去了外地拉货，她汇完款从邮局出来时，就愣怔了，时空似乎静止了几秒。站在她面前虽然落魄却依旧清秀挺拔的男人，不正是自己日思夜想的李思远吗？她捂住了嘴，心脏突突突地一阵乱跳。

“摩纳酒店 703 号，我等你。”说完，李思远匆匆闪身离开，把苏桃丢在熙熙攘攘的街道上。

苏桃深呼吸了几口，怀着满腹的疑虑在树下站了一小会儿，直奔摩纳酒店。

703 的房门虚掩着，苏桃一进去就被李思远卷进了怀里，他吻住她的唇，不给她说话的余地。他的吻是多么霸道啊，那么用力地吮吸她的唇瓣，苏桃在他怀里挣扎，愈挣扎他愈是抱紧她，吻紧她，吻得她几乎要窒息过去。

她觉得自己的身体快要爆炸了，有一丝丝的小火苗在身体深处滋生，蔓延，噼里啪啦。

苏桃终于挣脱他，问：“你怎么来了？”李思远不回答，将她摊平在没有一丝皱褶的白色床单上。

后来，苏桃做了一场与老林在一起时从未有过的激情之爱。李思远轻轻地抚摸苏桃白瓷般的肌肤，缓慢地吻过她的脚踝，她的小腿，然后像个骁勇的战士，冲进了她的身体。

当眩晕的感觉袭向四肢百骸时，苏桃听到李思远叹了一口气：“我想死你了。”

原来，李思远是根据苏桃寄回去的汇款单的落款找到了这座城市。一个月，他大街小巷地找她，可要在一个陌生到茫然的城市找到一个人，谈何容易？他嘿嘿笑着搂住苏桃的身子：“真是功夫不负有心人啊，老天爷也不愿意让我们分开。”

苏桃的眼泪决堤而下。两年了，她早已习惯在老林的庇护下平稳度日，老林疼她，爱她，七百多个日日夜夜，从不曾惹她掉过一滴泪。可现在，躺在旧情人的怀里，她喜极而泣竟然把老林抛到了脑后。

爱上一个人，如同染上难以杀死的病毒，病毒肆虐在身心深处，迟早泛滥成灾。

李思远就是苏桃的病毒，她爱过他，现在，依然爱着他。

感恩从来不是爱

苏桃在背街处给李思远租了套房子，老林不在的时候，她会让店里新雇的小伙计看店，自己去跟李思远幽会。也有几次，老林在外地逗留，她将李思远带回家。

那些活色生香的欢愉让苏桃觉得，如果就这样下去，也不错，这边有老林给自己安稳的生活，那边有自己深爱的男人，烟火与激情，女人要的大抵也就这样吧。只是常常在和李思远见过面之后，她的内心会涌起阵阵对老林的亏欠。

亏欠归亏欠，一见到李思远，她就全忘了。

只是她没想到，某个凌晨李思远离开的时候，被隔壁的阮东年看见了。

彼时，阮东年刚从大排档喝完酒，走到距离苏桃店门有十米远的时候，他看见一个男人从便利店的卷闸门里猫着腰走出来。阮东年顿时义愤填膺，吃不着葡萄的酸劲一下子涌上头顶，他想看清男人的脸，不承想刚好过来辆出租车，男人弯腰就钻进了车子疾驰而去。

第二天，阮东年来店里买烟，照旧用色迷迷的眼睛将苏桃从头到脚刮了一边，就在苏桃骂出那句“滚”的时候，阮东年突然理直气壮地蹦出一句：“昨晚那男人让你很嗨吧？”

苏桃一下子吓得脸色寡白，她明白，阮东年这是抓住了自己的把柄。就在她心慌意乱不知该如何回答时，阮东年将一只胳膊支在收银台上，低声道：“要想人不知，除非己莫为。”

然后，他死皮赖脸地提出，如果不想这件事被老林知道，就答应陪他睡一次。

苏桃咬着牙，看着这张平时就不太正经的脸，突然觉得无比的厌憎。没等她说不，阮东年就笑了，他说：“我给你一周时间考虑，你想想，挺划算的。”

阮东年走后，苏桃打了李思远的电话，李思远倒是镇定自若：“刚好，你可以离开老林跟我走。宝贝，咱们离开这里吧？你不知道我在里面的这两年是怎么过来的，我吃尽苦头，都是为了你啊。”

一句话，勾起了苏桃的往事。

其实，李思远和苏桃是一对情侣，两年前，在苏桃家乡小城发生过一次街头械斗，为了苏桃，李思远将对方打成重伤被判入狱两年，李思远的寡母被气得一病不起。苏桃原本想静静地等李思远出来，无奈流言蜚语让她没脸再待下去，所有人都指着她的后背骂她：扫帚星，霉运婆，狐狸精！苏桃受不了各种污言秽语，终于在一个灰蒙蒙的凌晨，坐上火车出走了。

一个单身流浪女人，又没有一技之长，拿什么养活自己？苏桃心一横，把自己的后半生交给了萍水相逢却对她千般好的老林。

可现在，她该怎样取舍，才能既不辜负老林对自己的疼爱，又能和李思远在一起？

她感恩的是老林，爱的是李思远。感恩和爱情，是两码事。

暗流涌动

距离阮东年的一周期限还有两天的时候，老林从外地回来了；距离一周期限还有一天的时候，苏桃发现自己怀孕了。老林愣了几秒钟，然后，他抱起苏桃在原地转了好几个圈，幸福的眩晕让他有点手足无措，他一连串问了苏桃好几句："真的吗？"

苏桃笃定地告诉他："千真万确。"

只是她不敢迎接老林探究的眼神，做贼心虚的她只觉得老林狂喜得有些过头了，他从店里拿了最好的糖果去街上给人们大把大把地散，逢人便发烟，笑呵呵地说："老婆有喜了，嘿嘿。"

阮东年也接过了喜烟喜糖，他看着坐在收银台后面的苏桃，笑着对老林说："恭喜老兄啊，真是天大的喜事。"

苏桃不动声色，总觉得阮东年的笑有点邪恶。

周围没人的时候，阮东年问苏桃："考虑得怎么样了？"

苏桃低声下气地求他："大哥，求你了，等我生下孩子，怎么样都行。"

阮东年自认为抓住了苏桃的把柄，谅她也不敢糊弄自己，于是就大方地答应了。

十月怀胎期间，苏桃也去见李思远，会给李思远送去足够的生活费。李思远每次都会将耳朵贴在她日益膨大、光洁的肚皮上听胎音。他从后面轻轻抱住苏桃，万分柔情地问她："给咱们孩子取个乳名吧，小宝怎么样？"

她点头，又想，孩子若是男孩，会不会和李思远长得非常像？或者，孩子是老林的？

时间一晃而过，苏桃剖宫产产下一个漂亮的男婴。那天，老林握着苏桃滑嫩的手就差跪地感谢了，他的眼圈一直湿润，许久以来对孩子的渴望如今变成了现实，他能不感激涕零于眼前这个女人吗？

老林愈来愈喜爱胖乎乎的小宝，就连阮东年都打趣："老兄，现在是，除了小宝，什么都入不了您的法眼了。"老林承认，没有小宝前，他觉得人生并不圆满，现在，小宝令他的世界得到了圆满。

在小宝满月酒的第二天，老林抱着小宝说要去附近晒晒日光浴。四个小时后，苏桃突然有一丝不祥的预感，她打他电话，提示关机。

她想，老林会把小宝带到哪儿去呢？

你在天涯，我在原点

便利店发生了一起命案。

当警察接到群众报案冲进便利店的二楼时，映入眼帘的一幕让所有人唏嘘不已。只见一个年轻男人浑身是血躺在冰冷的地板上，苏桃坐在男人的尸体旁边，没有哭，一边用毛巾轻柔地擦拭男人满脸的鲜血，一边反复地说："你说过带我走的，咱们走吧，走吧……"

死者是李思远，警方从神志不清的苏桃嘴里问不出有用线索，只能根据现场的痕迹判断出，这里曾发生过激烈的打斗。可是，除了苏桃和死者李思远的脚印，再无其他人出现的蛛丝马迹。

第二天一早，老林抱着小宝，疲惫地出现在便利店门口，守候在那里的警察将老林缉拿归案。

老林想，这是为什么呢？自己离开家不过十六个小时，就发生了这样的事。为了消除嫌疑，老林只好如实告诉警方，他不在家的这段时间，其实是抱着小宝去了趟省城的DNA检测中心，他不相信小宝是自己亲生的，再加上邻居阮东年一直在自己面前阴阳怪气地说话，让他更觉得小宝的身世有点蹊跷。

警方持续逼问，老林终于垂下头，从锁着的保险箱里拿出一张医院的体检报告，报告上白纸黑字写着：死精症，患者林新民。

从老林的供述里警方发现了一个有用线索，那就是阮东年。

此案真相大白是在半个月后，那天，阮东年看到老林鬼鬼祟祟地抱着小宝出去后，就来找苏桃，结果被苏桃严词拒绝。恼羞成怒的他将苏桃强行拉到二楼，就在这时，李思远出现了，李思远掌掴了阮东年，骂他癞蛤蟆想吃天鹅肉，然后转身柔情地对苏桃说："我们走吧。"

苏桃粲然一笑。阮东年看着腰细臀翘的苏桃，脑子里被得不到的羞耻和无限放大的渴望所充斥，他摸起烟灰缸砸向了李思远。

苏桃眼睁睁地看着李思远倒在自己脚下，她想哭，却怎么也哭不出来，混沌的脑海里反复想着一件事：“老林，我对不起你，我把小宝给你留下，也算是对你的补偿。”

所有的街坊在得知事件真相的时候，无不悲悯。特别是老林，一下子仿佛老了十多岁，他继续和苏桃生活在一起，可是苏桃再也不是过去那个打扮精致、一脸温情的苏桃了。

苏桃疯癫了。

苏桃不再坐在收银台后面一张张数钱，她总是走在街上，斑驳的阳光照过来在她身后拖出一条瘦长的影子，她走过去，又走过来，眼神空洞，嘴角挂一抹诡异的笑，逢人便问：“你看见小宝了吗？”

永远没有人知道，和李思远相爱的时候，苏桃一直喊他：小宝。

你给的不是我要的

路遇劫匪

晚上十点，林悠然从超市下班时，晦气地发现自行车爆胎了，只好拖着疲累的双腿走回去。

回家途中必经一个桥洞，路灯坏了几个，剩下的发出昏黄黯淡的光。林悠然想起上班时和几个店员闲聊，曾聊到两天前一个女孩在桥洞下被抢劫了。她顿感全身汗毛都倒立起来。怎么办？回家的路只此一条，难道还能插翅飞过去？

她壮着胆子走进桥洞，边走边在心里想左铭，一想到左铭她就胆子大了起来。

左铭是她的未婚夫，再过两个月，他们就要办婚礼。

可是左铭现在躺在医院里，想到这里，林悠然又心事重重起来。昨天休假，她去医院看左铭，并慢火熬了鸡汤带给他，耐心地一口一口喂他，可是左铭吃了几口突然就不耐烦了，挥手打掉她手里的勺子，歇斯底里地让她滚，说再也不想看见她。

她委屈极了，眼泪在眼睛里打转，可还是好脾气地安慰他。左铭在车祸中废了一条腿，心情坏情有可原。她觉得爱一个人，就什么都无所畏惧。

她铁了心要嫁给他，要为他生孩子，要和他柴米油盐，相互扶持过一辈子。

走到桥洞中段的时候，林悠然看见路边停着一辆白色面包车，旁边蹲着两个男人，一高一矮。

她做了次深呼吸，然后脚步加快，路过面包车时，那两个男人站了起来，三步并作两步跟上她。她感觉浑身汗毛倒竖起来，正准备撒腿跑，一股外力就从后面裹挟了她，等她缓过神，已经被塞进面包车里。车里三个男人，黑布蒙脸，个个露出凶神恶煞的眼神。

遇到劫匪了！林悠然连惊带怕地求饶："大哥，放过我，所有的钱都给你们。"

劫匪甲打开她的包，掏出钱包，把几张零钞摔在她脸上："就这么点，糊弄老子啊？要是没钱，可别怪老子不客气！"

劫匪甲怪里怪气地笑着对另外两个说："要不，找个地方办了这妞儿？"

很快，车子载着她，驶向黑漆漆的郊外。

缓兵之计

不能坐以待毙，林悠然的脑子迅速转动起来。她知道有些劫匪不光是劫财劫色，动杀心也是在一念之间。她现在能做的就是自救，否则很可能被抛尸野外。

如果被杀了，还怎么做左铭的新娘啊，自己不能连婚纱都没有穿过就莫名其妙地死掉，那岂不是比窦娥还冤！

车子离城市愈来愈远，路上空旷得连半个人影都没有，林悠然绝望了。呼救是没有可能的，她声泪俱下地求他们，没想到不哭还好，一哭劫匪就烦了，她被夹在劫匪乙和劫匪丙中间，劫匪乙捏着她下巴说："妞儿，再哭，一会儿让你好看！"

只有劫匪丙自始至终不说话，一路上只是沉默着抽烟，一支接一支。车厢里烟雾升腾。

约莫半个小时后，面包车在一片小树林边上停下来，她被三个劫匪连推带搡地带到树林里的一处空地上。劫匪甲走过来，哗啦一声撕开她的上衣，顿时，月光下，她雪白的胸脯裸露了半边，劫匪甲淫笑着将她按倒在地上，回头对另外两个说："猜拳决定谁先来。"

林悠然吓得魂飞魄散，就在三个劫匪猜拳的当儿，她又想起了左铭，想起他们在一起的第一次，那年她十九，他二十一。左铭是她青春岁月里所有的爱恋与疼痛，他们在十元一小时的钟点房里第一次赤裸相见，男女之事，他不懂，她也不懂。左铭笨手笨脚地冲撞进她的身体，她很疼，但有种满足，她抱着他年轻紧致的身体，不让他离开，她说："这辈子，我只属于你一个人。"

左铭抱着她，亲着她，疼着她，问:“真的吗？”

她一心一意回吻着他:“真的，如果我被别的男人碰了，我就去死。”

思绪似一匹野马，跑出去，又瞬间跑回来。林悠然悲哀地想，如果被这几个劫匪强奸了，那她就真的完蛋了，她答应左铭的，就要做到。

就在被猜拳获胜的劫匪乙压倒在潮湿的土地上时，林悠然脑袋里灵光一现，她喊道:“我家里有八万元，我带你们去拿！求你们放过我！”

这句话挺管用，劫匪乙停下了动作。劫匪嘛，要的就是钱，劫财不成才会打别的主意。

一直沉默的劫匪丙点了头。

看来，这招缓兵之计用对了。林悠然庆幸保住了清白之躯。

爱的筹码还是自救的筹码

面包车掉转头往回城的方向驶去。

林悠然说的八万元，确实有，不过不在家里，而在医院，就压在左铭的枕头下。左铭上周出的事，林悠然第三天就筹到了八万元，左铭躺在病床上问她哪来的钱，她哭着说别管，只要他好好的。

左铭不知道那八万元是她卖房子的钱。房子其实很旧，一居室，位置也不好，在一条破旧的背街上，父母留给她，说婚后如果左铭欺负她，也好有个哭的地方。本来价值十万的房子，因为急着用钱被她贱卖了。

她想着，为了爱的人，做这点牺牲，真的不算啥，患难时才能验证爱情的真伪嘛。

她是个死心眼的女人，换成别的女人，别说左铭断了条腿，就是变成跛子，也一定撒开脚丫子离开他，又没结婚，就算结婚了还能离婚呢。可她不，父母朋友众口一词劝她，全被她顶回去，她就要对他好，就要和他过一辈子。

爱情，哪能因为一点小病小灾就放弃？

可是眼下她为了自保，却不得不拿这八万元当自救的筹码了。

车子继续疾驰，林悠然的脑子里却纠结得厉害，如果她告诉劫匪钱在医院，劫匪肯定不相信，说不定会认为她在借机拖延时间而对她再次施暴，就算相信她，她能带着劫匪去医院取钱吗？万一劫匪急红了眼伤害了左铭怎么办？

思量再三，林悠然说出了住址。

到了她和左铭租住的楼下，劫匪丙在楼下望风，劫匪甲、乙跟着她上了楼。明知道家里没钱，她还是左找右找，翻柜子，翻抽屉，借此拖延时间。到处翻找的时候，她看见了卧室的窗户，想着这是四楼，跳下去也摔不死，到时候保安会跑过来，她就得救了，八万元也不会平白无故给这帮孙子。

劫匪甲沉不住气了，恶狠狠地掐住她的脖子：“到底有没有钱？臭丫头，你是不是在耍老子？”

日光灯下，劫匪凶狠的目光令她不寒而栗，她略一迟疑，劫匪甲、乙明白了：“是没钱吧？”

“那好，办了她再问有钱没钱！”劫匪乙撺掇道。

林悠然心底的绝望再次波涛汹涌。

为爱痴狂

劫匪甲拎小鸡一样将林悠然拎起来往床上拖，就在他动手去脱林悠然的裤子时，不知哪来的那么大力气，林悠然挣扎着抓过床头柜上昨晚削苹果的水果刀，想都没想向劫匪甲刺过去。劫匪甲嚎叫了一声，林悠然趁机踏上窗台，一跃而下。

深夜的风很大，冷得刺骨，向下坠落的几秒时间里，林悠然笑了。她能感觉到自己全身每一个细胞都在欢唱：我是一个为爱痴狂的女人。

“左铭，我爱你！左铭，我爱你！”

林悠然嘴里喊着这句，身子轻飘飘地落在一个柔软的物体上。

等被放开站稳，回过神来，她发现自己毫发未损，身边站着一个男人。林悠然用力擦了擦眼睛，借着昏黄的路灯，看清楚男人竟然是左铭。她以为是在做梦，再次使劲揉了揉眼睛凑近去看，不是左铭是谁，他好端端地站在自己面前。

他不是断了条腿吗？昨天见他，他还打着石膏，缠着绷带，躺在病床上一动不动呢。林悠然觉得头部血液倒流，弄不清楚怎么回事。

这时候，劫匪甲和劫匪乙两个人已经从楼上下来，扯掉一直蒙在脸上的黑布，冲林悠然鞠了一躬：“让你受惊了，对不起！”

爱是真的，其他都是假的

林悠然怎么能相信左铭的解释呢？他说，这是一场婚前爱情大考验。为了考验她是不是真心爱自己，左铭煞费苦心，先是营造了一起假车祸，主治医生是熟人，打个石膏不费什么劲；然后，左铭说没钱，林悠然二话不说就拿来了八万；接着，左铭让林悠然滚，她非但没滚，反而对他照顾有加。

左铭没辙了，还想再试试。他不信林悠然真的对他死心塌地。

他想起他们的初夜，那美好的如红苹果一般的初夜，他第一次在一个女人身上得到了令人战栗的高潮，也听到了最美的情话，她说：“这辈子，我只属于你一个人。”

他抱着她，亲着她，疼着她，问：“真的吗？”

她一心一意回吻着他：“真的，如果我被别的男人碰了，我就去死。”

如果能够一辈子如此干净地互相拥有，该是多么美好！

于是左铭约了两个死党，演绎了一起劫持事件。他就是想知道，危难关头，林悠然是为了活命屈辱就范于劫匪的淫威呢，还是坚守当初的诺言拼死一搏？

他没想到林悠然够聪明，一直在想办法自救。而且，宁愿跳楼也不就范。

左铭泪水横飞着抱住林悠然：“悠然，当我听你说钱在家里时，我就确定，你是我这辈子遇到的最好的女人，我会给你一场最完美的婚礼。”

林悠然的心就像一块烧得正旺的炭火，被猛然浸透到刺骨的冷水里，冷极了。她冷冷地推开左铭，扬起手，给他那张俊秀的脸一记响亮的耳光。

这么多天，她为了他累得腰都直不起来，可他呢，居然处心积虑酝酿了这场荒唐的爱情考验。他知道她晚上睡不着觉吗？他知道她为他难过吗？他知道她下了多大的决心才不离开他吗？他知道她今晚受的惊吓有多大吗？

她的心疼起来，一缩一缩的。

她迎着风哭了，很用力地哭。

哭完，她吐出两个字，分手。

爱情不是一场折腾的游戏

一念起，万水千山；

一念灭，沧海桑田。

林悠然离开了左铭，虽然分手对她来说很痛，但是爱情哪有不痛的呢？伤过筋断过骨，再次交新的男朋友时，林悠然不再那么一根筋了，再也不对爱情抱太大幻想。

才几年光景，母亲已经两鬓如霜，父亲患了脑中风，偏瘫在床上。老两口唯一的愿望就是看着她找个体贴的男人嫁出去。

林悠然新交的男朋友叫楚一林，是超市杜姐邻居的儿子，杜姐介绍的。楚一林长相一般，身高一般，家境一般，唯一的优点是对她非常体贴。

他不问她的过去，她也就不说，他说结婚吧，她说好。那晚她留在他那里。她不去想楚一林过去有几个女人，她只需要一场恶狠狠的性爱来驱逐伤感。她狠狠地攀着他的背，指甲嵌在他的肉里，活色生香地把自己给了楚一林。

婚礼很快就被提到日程上。

结婚前夕，林悠然采买结婚用品，低头走在洒满斑驳阳光的街头，猛抬头与左铭四目相对，没错，是左铭。他眉宇间有憔悴，眼睛里有忧伤，这一切让她心痛。她噙着泪听到他说：“我还爱你，悠然，我一直爱着你，我没办法不爱你，我们能重新再来吗？”

林悠然把泪憋回去，云淡风轻，一笑而过。

回家路上，那些枝杈清晰的回忆脉络，那些爱与不爱的刀光剑影，林悠然发誓统统忘记。她只想躲在一个男人坚实的臂弯里，柴米油盐。

这个男人是楚一林。她不确定自己能否爱上楚一林，但她决定试着去爱。

不然还能怎样，她再也经不起折腾了。

隐藏在心中的爱

从无望等到绝望

安雅开着车在机场高速上一路风驰电掣，时速一百三。某个瞬间，安雅的心头猛然滚过一阵刺痛，那一刹那她又想到了自己对左岸的爱。

安雅爱左岸爱得非常绝望。从十六岁到二十六岁，她整整爱了他十年，可是左岸似乎情商为零，每次当安雅准备向他表白时，他总是拍着她的肩膀打断她："安雅，我们是铁哥们儿对吗？你会为我做任何事的，对吗？我即使堕落了，你也不会嫌弃我的，对吗？"

他的话和他那副放荡不羁的样子把安雅的表白扼杀在喉咙里，她只能无奈地点点头："对，我会为你做任何事。"

然后，左岸会递给安雅一张照片，照片上每次都是一个女人，或妖娆，或清纯，黑色棕色酒红色的长发卷发短发，照片后面附有女人的名字，和一串陌生的电话号码。

安雅真的爱左岸，所以他让她做什么她就心甘情愿为他做什么。从第一个女人开始，安雅就发现左岸其实挺风流，他会在天南海北，任何可能的时间、地点发生一场艳遇，然后那个女人会飞蛾扑火一般扑到这座城市来见他。

而安雅作为左岸的哥们儿，在他忙得不可开交的时候，义不容辞地亲自去机场接女人到酒店，准备好他们晚上吃的喝的，以及做爱要用的杜蕾斯。

很多次，安雅觉得自己几乎麻木。

谁能想象，一个曾经那么洁白的男孩子，踏入社会染缸才几年，就变成了现在这副臭德行。安雅常常沉浸在往事里。她想起他们还上大学的时候，左岸甚至看见她穿低胸的上衣都会脸红，安雅拉着他的手旋转到露天舞池的中央时，左岸会紧张地手心滑腻冒汗。元旦篝火晚会上，在操场的一角，安雅将唇附在左岸的耳垂轻咬，他一下子跳开。

那晚星光迷离，月光皎洁，安雅却有点失落。

不过，她不急，她想或许那时的左岸，还没有准备好去爱一个女生，好吧，她会耐心等。

可是这一等就是很多年，安雅从无望等到绝望。而左岸变了，他变成了双面人，一面是谦谦君子，另一面是放荡不羁的风流男人。他把猎艳作为生活的一剂调味品，总是当着安雅的面评价那些女人。他说三号吻功特别厉害，从他的脖颈一路蜿蜒吻下去，然后停在他的小腹，用舌尖一下一下地画圈；七号很会叫床，起承转合，叫得像只发情的野猫，那嘴巴捂都捂不住；十二号做起爱来简直不要命，能把他抛得很高再狠狠摔下来，不把他整个人掏空不罢休。

说这些时，左岸痞痞地笑着，顺势捏一把安雅的下巴："男人都一路货，好色。安雅，你以后找了老公，可千万要多学几招床上功夫哦，否则会守不住男人的。"

安雅啐他一口："不害臊！"

然后安雅的心就沉重得似乎灌了铅，她想，自己能找到那个男人吗？除了左岸，她还能爱上别的男人吗？

不能吧？

她不能。

第十七个艳遇情人

安雅一边开着车一边发誓，黎姗姗是她在机场接机的最后一个女人。

黎姗姗是左岸的第十七个艳遇情人。

黎姗姗应该很年轻，至多二十一二岁的样子，比之前的十六个都要漂亮，腰很细，臀很饱满，两只乳房汹涌得几乎要撑破上衣，最惹人的是那两瓣红唇，翕合之间，风情万种。

安雅在停车场打电话给左岸，左岸说："安排在老地方，告诉她，我晚上八点到，让她洗完澡等我。对了，给她买欧舒丹的香皂，我喜欢。"

安雅心头又滚过一阵刺痛。她把左岸的原话向黎姗姗复述了一遍，黎姗姗嘻嘻笑着说遵命。车子很快驶入拥挤的车流，黎姗姗兴奋地问这问那，她说："安姐，你很有女人味，一定有很多男人喜欢你吧？"

安雅用眼睛余光瞥了一眼黎姗姗露在外面的黑色肩带，答非所问："你是怎么认识左岸的？"

黎姗姗显然对安雅没有任何防范，喋喋不休地讲了一个恶俗的故事：左岸去杭州开商务会议，会议没开完，他们就电光石火一见钟情，因为第二天就要返回，左岸邀约黎姗姗来他所在的城市会面。

黎姗姗丝毫没有注意到安雅的不悦，依旧聒噪不休："左岸不但帅气儒雅有风度，还很会接吻哦，吻得我窒息……"

安雅握着方向盘的手颤抖起来，气血上涌。她踩了一脚刹车，将车子靠路边停下。

绿化带上，雏菊一簇簇开得正盛，白色的花瓣，明黄的花蕊。安雅从车上下来，俯身将脸埋在一朵雏菊的花瓣上，深深吸了口气，然后，做贼一样飞快地端起一盆雏菊塞进车里。

她一直想要这么一盆花，就像左岸痴迷猎艳一样，安雅钟爱雏菊。

下午三点，安雅把黎姗姗带到明光路的一家快捷酒店，黎姗姗甩掉鞋子就扑到松软的大床上，安雅注意到她的裙下露出大红的底裤，很惹眼。安雅深呼吸了一下。晚八点之前，安雅必须买好一男一女两套睡衣，两份咖喱鸡块饭，几枚杜蕾斯，左岸要草莓味的。

做这一切的时候，安雅的心像被一团棉花堵住了，闷得厉害，又无从疏解。

七点，安雅打电话向左岸汇报工作：一切 OK。

左岸在电话那端嘿嘿一笑："好，辛苦了哥们儿。"

隔壁上演的剧情

夜色阑珊，安雅低头看腕表，十点四十分。安雅站在快捷酒店对面的马路上，看酒店六楼窗户里射出的旖旎灯光，下午在超市采购时，她特地多买了一瓶红酒，此刻安雅想，不知那瓶酒可否为左岸和黎姗姗助兴？

她想象着他们的步骤：在洗鸳鸯浴？或者，左岸正在褪去黎姗姗大红的底裤、黑色的胸衣？或者，他们的舌头已经绞缠在一起，左岸已经俯在黎姗姗那个小贱货的身上？他们已经做了一次，正准备做第二次？

安雅想得头痛。

安雅摇摇头，抬起手，狠狠扇了自己一个响亮的耳光。她骂自己："蠢女人，你该醒醒了！"

这一刻，安雅觉得自己非常需要一个男人。她等不到左岸的爱了，她不想把自己陷在如此无望的近乎残忍变态的怪圈里，她不想再听自己爱的男人讲他如何如何和女人做爱，用什么姿势，用掉几枚杜蕾斯。她想找一个男人，就在此刻，报复左岸对自己的漠视。

夜晚滋生寂寞，男人女人都一样。在酒吧，大半瓶血腥玛丽下肚，就有男人上来搭讪。安雅抬眼瞧了瞧，不错，有男人味，据她目测，没有赘肉，这样的男人应该有力度。

想到这里，安雅觉得小腹似有一阵阵热流在激荡，她迫切地渴望这个男人洞穿自己的身体，带她抵达她一直想要去，但一直未曾去过的地方。

电梯停在六楼，安雅提前预订好的房间，与左岸的房间一墙之隔。

对，这样很 OK，她就要在他的隔壁，与别的男人鱼水交欢。

爱到极致便成恨，安雅想。

男人果然不错，他几乎是用豹子的力度席卷了安雅，安雅有些疼，但她紧紧咬住嘴唇忍住那种奇异的疼，她甚至借用了左岸讲给她听的他和那些女人的床事技巧，她学着叫床，学着在男人的皮肤上用舌尖划圈，甚至学着在男人身上像树叶一般摇摆啊摇摆……

对，安雅还是处女，老处女，这是她的第一次，她给了陌生男人，而不是她爱的男人。

终于，安雅得到了想象中的快感，那一刻，她哭了，哭得很汹涌，男人看着床上的落红，落荒而逃。

如今这个人人明哲保身的年代，哪个男人敢为一个老处女负责?

男人不敢，左岸也不敢。就在昨晚，安雅厚着脸皮去了左岸的公寓。他为她削苹果，冲咖啡，陪她一起看电影。电影看到一半，安雅去了浴室，出来时，左岸看见的是一丝不挂的安雅。

没有别的，安雅只想把自己给左岸，把她的童贞，她为他恪守十年的童贞给他。可是左岸不要，尽管安雅看见他的喉结在上下滚动，眼睛里也有燃烧的火焰，可是，他轻轻地为她穿上衣服，说:“我不爱你，安雅，爱不能强求。”

他的拒绝很简单，很决然。安雅哭着从他家离开。第二天安雅接到他的短信:“对不起，哥们儿，今天要劳烦你帮我接个女人。”

安雅伤心之余，无奈地答应了左岸，她想，这是最后一次了，没有下一次。

绝无下一次。

爱到极致便成恨

安雅整整一天都窝在房间里不肯出门。警察打电话让她去快捷酒店的时候，她起身照了照镜子，镜子里的女人形容枯槁，眼神呆滞。

快捷酒店发生了一起命案，死者一男一女。根据现场勘查，警方做出的解释是死者喝的红酒里被下了毒，但究竟是谁下的很难有个定论。最后被定性为情侣相约自杀。

左岸和衣躺在床上，黎姗姗也衣着整齐，并非安雅想象的那般两个人赤身裸体绞缠在一起。

警方交给安雅的遗物中，有左岸的一台笔记本电脑。晚上，安雅打开电脑，她很好奇，他去见黎姗姗为何要带着电脑，她想破解他的邮箱密码，没想到很容易，密码竟是自己的生日。

记事本里有很多日志，很多，大概写了好几年之多。安雅用了一整夜的时间看完了那些日志，天色渐亮时，安雅抱着电脑哭了。

左岸在每一篇日志里重复着一句话——我爱你安雅，可我不能够。

真相像暗礁一样渐渐浮出水面。

七年前，那时安雅和左岸高中同班，左岸喜欢安雅，很内敛地喜欢。下晚自习时左岸会不远不近跟在她身后，他知道她胆小不敢走夜路。某个夜里，安雅被几个痞子挟持进黑暗的胡同，他们撕扯她的衣服时，左岸冲上来与他们殊死搏斗，从而保住了安雅的清白之身。

可安雅没想到，那次搏斗令左岸永远失去了性能力。

高中毕业，大学毕业，工作，安雅向左岸示爱多次，他一直躲藏，而安雅的偏执令他很无奈。他想出一个招，每次去外地出差，就花钱请在外地认识的女人过来，做一场秀给她看。

他想告诉安雅，他是一个风流成性的男人，再不是她心中的洁白男孩。他想让她离开他，充满绝望地离开。

他说，他最喜欢的花是雏菊，因为雏菊的花语是隐藏在心中的爱。

最后一篇日志里，左岸写道：

安雅我爱你，其实我很想很想把你拥在怀里，吻你爱你要你，可是，你能忍受与一个不能给你性的男人生活一辈子吗？

能吗？你能吗？

即使你能，我也不能那么自私。

红酒里的毒是安雅下的，毒鼠强。安雅戴了手套，把自己撇得很干净。

左岸一而再再而三地找那些陌生女人，漠视她的感情，她的心理承受能力到了极限。她无法再绝望地爱下去，与其爱这个根本不爱自己的风流男人，她宁愿永远失去他，永远！安雅想，自己肯定是疯了，但她想疯一次，为了爱情，她觉得值。

现在，安雅终于失去了自己最爱的男人。直到得知左岸不接受自己的真相，安雅才明白自己是天底下头号傻瓜。爱到深处无怨尤，左岸对她的爱不就证明了爱之深、情之切吗？可她呢，多么自私，自私到不惜以他的死来成全自己的爱！

偷来的那盆雏菊在安雅的窗台上绽放如常，一簇簇开得正盛，白色的花瓣，明黄的花蕊。安雅每次想左岸的时候，就会将脸庞埋在花簇间，深深地吸一口气。

抬起头来，安雅总是泪流满面。

爱情是部悬疑剧

贱人甲的心事

男女关系里，总有一个比较贱，把对方时刻挂在心上，为了对方愿意放下身段极力讨好，贱到忘我，贱到麻木不仁，贱成了习惯！而被爱的那一方，往往摆出一副理直气壮的样子：你这是自愿的，谁又没逼你！这真是周瑜打黄盖，一个愿打一个愿挨！

认识到这一点时，我正守在一幢灰色旧楼下，一支接一支地抽烟。

三楼的某扇窗户后面，有我爱的女人，她叫森迪。

我通宵达旦守在森迪住的楼下，不为别的，就是为了戳穿她蹩脚的谎言，我不信她厚颜无耻的那句话："我有喜欢的男人了，左逸秋，你不是我的菜。"

我是不是她的菜不是她说了算，我还真的不信，这个女人的心是石头做的，我想，以我对她情有独钟的心，就算她是一块石头，也要把她焐热。

我承认我很贱，可是爱一个人，贱点又有什么关系？明明她不喜欢我，我自己却失了城池，爱情从无道理可循。

不知不觉，脚下已经散落了一地的烟头。我饿了啃面包，渴了趴在小区灌溉花园的水龙头下咕咚咕咚猛灌几口凉水。直到第三天，森迪终于下楼了，她穿着一件藕色长裙，裙子很漂亮，过紧的剪裁将两只乳房挤得老高，她就那样挺着胸，踩着几寸高的高跟鞋，从逼仄的楼梯款款而下。

我顿时心花怒放，甩掉指尖的烟蒂迎上去，没想到的是，她却看也不看我一眼，把如花的笑靥给了我身后的男人。

那个男人衣着显贵，飞扬跋扈地靠在崭新的宝马 X5 的车门上。森迪从我面前走过去，抬起性感的小腿迈进车里。我冲上去就想揍人，但森迪用眼神制止了我。我想起三天前她对我说：左逸秋，你要是敢坏我的事儿，我就彻底玩儿失踪。

所以我不敢，我好不容易找到她，不想再失去她。我攥紧了拳头，指关节嘎嘎作响，可我只能眼睁睁看着男人驾驶着豪车扬长而去。

车后扬起一片乳白的灰尘，迷了我的眼。

她喜欢的男人不是我

一个月前我对沈薇薇说：“假如找到森迪，就算砸锅卖铁，我也要娶她。”

沈薇薇眼睛里闪过一丝落寞，说：“行。”

我贱，但沈薇薇比我还贱。为了我，她偷了家里两千元钱，死皮赖脸地非要陪着我去找森迪，她说：“我不放心你一个人浪迹天涯，万一遇到坏人怎么办，现在社会上很乱，我会担心你的。”

我拗不过她，也甩不掉这块橡皮糖，只好任由她跟着，一路上被沈薇薇鞍前马后地服侍着，倒也惬意。有时候良心发现，觉得自己挺邪恶的，其实我根本就不喜欢沈薇薇这种圆滚滚的女孩子。

可不是嘛，从头到脚，因为腰身壮实，即便罩杯 38E，看起来也不过像垫了硅胶。而我心仪的爱情女神森迪却恰恰相反，娇小玲珑，细腰盈盈一握，风摆杨柳一般迷人，据我目测，森迪的胸不大不小，应该是刚好被我手掌握住的大小。

想到这里，我身体里就隐隐窜起一簇小火苗，那火苗灼得我浑身燥热难耐。

我曾很无耻地告诉沈薇薇：“你和森迪是有区别的，女人与女人的天壤之别。”

沈薇薇不屑地看着我，一言不发，跟着我继续奔走在寻找森迪的天涯路上。沈薇薇就是这么纵容我，可她不明白，即使她贱到尘埃里，我和她也没戏。

这是我人生中第一次出走，为了森迪。

两千块钱很快被我们折腾得一干二净。来到这个陌生城市后，为了生存，沈薇薇很快在一家湘菜馆找到了工作，她租了便宜的房子，喊我同住，被我拒绝了。我怎么能和她孤男寡女同处一室？

我整天无所事事，傻瓜一样叼着烟在陌生的街头巷尾大海捞针，对，森迪就是我要捞的那根针。只是，在一个陌生到茫然的城市，想找到一个人，谈何容易？

我不想吃软饭，寻思着找个活儿干。真是天无绝人之路，街头一家高档会所贴出告示招打杂工，薪水很少，但够活命了。我扔掉烟屁股，咧嘴嘿嘿笑了。

能够活下去，就一定能找到森迪。我坚信这一点。

上岗第一天，当领班告诉我要如何低眉顺眼，嘴巴甜，还要眼里有活时，一个女人披头散发从包房里冲出来，她的裙子被撕破了，脸上挂着斑驳的泪，一个老男人捂着脑袋骂骂咧咧追出来。我愣怔当地，然后心里就开出了花，一团又一团。

女人是森迪，是我千寻万找的女人。

趁老男人冲领班跳脚抱怨森迪不够积极不够奔放时，我牵起森迪柔弱无骨的手飞快跑掉了。

森迪一边跑，一边呼哧呼哧喘着粗气问我：“左逸秋，你怎么在这儿？你是从哪儿冒出来的？”

冲进一座废弃的仓库，我一把将她拉进怀里，嘴唇便覆盖上她柔软的唇瓣。那一刻，我的脑袋几近空白，只想亲吻我心中的女神。可是当我用舌撬开她紧咬的牙关，试图更深地探索时，森迪从我怀里挣脱出来，啪地甩给我一个响亮的耳刮子。

我捂着热辣的半边脸，哀伤地看着她。良久，森迪迸出一句："我有喜欢的男人了，你不是我的菜！"

就是这句话，让我在她的楼下守了三天三夜，看来我还真是贱得不轻。

帮凶是谁

我不信，才一个月不见，曾经单纯得像张白纸的森迪就变成了物质女。宝马男能给她的，我想自己也应该能够给她。所以苦思冥想几天后，我打电话给森迪约她见面，电话里我告诉她："哥们儿命不该绝，彩票中奖了。"

半小时后，森迪穿着那条藕色连衣裙像只蝴蝶一样翩翩飞到我身边，她的两只眼睛都在放光："真的？左逸秋，你说的是真的？你中奖了？"

我掏出银行卡在她眼前晃了晃，带她到 ATM 机查询，屏幕上显示的那串数字很可爱，二十四万多。森迪激动地跳起来，在我脸上啪地亲了一口："左逸秋，我没看错你，我就说你傻子头上有青天嘛。"

她将又柔又滑的舌滑进我的口腔，一边吸吮一边发出含糊不清的呓语："左逸秋，我爱你，我爱死你了。"

那是森迪第一次主动吻我，她的吻让我在那一刻狠狠地眩晕。我腾出手来在自己大腿上狠狠掐了一把，疼，不是梦。

然后森迪扯着我在深夜的街头狂奔，她说要把自己给我，立刻，马上。

冲进快捷酒店的时候，我全身的血液都在沸腾，在燃烧，我觉得自己似一匹驰骋疆场的战马，恨不得快速冲进敌人的包围圈，所向披靡，哪怕战死。

一进门，森迪先去淋浴，我站在二十八层的飘窗前吸烟，眼前是城市的万家灯火，星星点点，看起来很温暖很诱人。我心里五味杂陈，看来森迪还真是个物质女，没有钱的时候，她连多看我一眼都不肯，现在一看我有钱对我的态度就截然不同了。

还是沈薇薇实在，不嫌贫爱富，不管我如何潦倒，都紧紧跟随。这样想着，心里倒对沈薇薇生出了一份歉疚。不容我多想，森迪已经沐浴完毕缠绕过来。

她的身体滑得像一尾鱼，扑腾起白色的浪花，潜意识里我觉得自己就像一艘失事的老船，江面暴雨倾盆，狂风大作，我看不见灯塔，绝望等死。那是一种酣畅淋漓的快乐。

就在这时，门被大力撞开，宝马男闯了进来，身后跟着两个壮汉，我只觉像被人击了一闷棍，愣怔在那里大脑一片空白。

我终究不是三个男人的对手，几番下来就被打得遍体鳞伤倒在地上。男人掌掴她，用难听的话骂她。我挣扎着爬起来，问：“怎样才肯放过她？”

“钱。”男人淫邪的嘴脸让我想挥拳砸过去，却浑身无力。

我掏出了银行卡。

眼看着森迪脚步踉跄被男人带走，我突然警醒，自己这是被敲了竹杠，而帮凶正是自己爱的女人！

发现贱人乙的美好

沈薇薇租住在七楼的阁楼，小小的窗口透出橘黄的灯光，一种家常的温暖。

因为惧怕与她同处一室，所以沈薇薇无数次喊我过去蹭住，我都婉言谢绝了。既然不爱，我就不想给她留任何念想。

我觉得自己尚有人性。

我坐在她家楼下的石椅上，手指颤抖着摸出烟盒想抽支烟，没想摸出来个空烟盒。走进小区外的便利店买烟时，与沈薇薇撞了个满怀，原来她刚从饭馆下班。我疑惑不解，明明她的房间里开着灯……

沈薇薇爽快回答：“我上晚班，房间里的灯一直都开着，就怕你走投无路来找我。”

心里滚过阵阵暖流，说话的时候喉咙有点哽，我说：“我们一起回家吧，回家。”沈薇薇听到这话，似乎不相信，看到我认真的样子，她疲惫地笑了。我抓过她的手仔细端详，一个月一千块的洗碗工工作，因为频繁接触洗洁精，让她的手被蚀得不像样子，粗粝，长满倒刺，不像女人手的绵软。

丝丝缕缕的疼痛骤然涌起，橘色灯光下，我第一次仔细端详沈薇薇，她是胖，但也不是胖得圆滚滚，她胸大，但并不似填充硅胶。我突然发现，沈薇薇的美在于她浑身散发着母性的光辉，给人依赖的感觉。

“嫁给我吧。”这句话，把我自己吓了一跳。

沈薇薇背过身去收拾东西，我看见，她的泪水扑簌簌滚落。

放弃是一种解脱，放弃也是一种圆满。

既然森迪爱的是钱，那我只能死心，感情里，退一步，永远海阔天空不是吗？

真相，往往令人崩溃

我给了沈薇薇一场盛大而豪华的婚礼。

其实我根本不是穷得叮当响的男人，那张银行卡里的钱也不是中了什么彩票得来的，我老爸是地产商，家里有数不尽的钱，所以我是有钱人的儿子，我一度在装穷，并非玩低调，而是要找一个视金钱如粪土的女人做我的妻子。

沈薇薇是个普通得不能再普通的女子，做妻子还真是不错，对我好，还不爱钱。当我向她说明家世，变戏法般拿出一枚硕大的钻戒跪地求婚时，她愣了，甚至怕了，她想退缩，可我紧紧地抱住了她。

“我不许，这辈子，我要与你烟火情浓。”我在她耳畔低语。

是的，愿得一心人，白首不相离，有了沈薇薇，我相信这句最美的爱情箴言。

我想我已经忘记了森迪，可她居然回来了，站在我面前声泪俱下。她说她在陌生城市遇人不淑，栽到黑社会团伙手里。他们逼她做按摩女，逼她玩仙人跳，他们说，只要赚够二十万，就放她走，若胆敢泄露团伙秘密，就让她死无全尸，全家都跟着遭殃，包括她最爱的男人——左逸秋。

我看着她，嘴角露出一丝轻蔑，像是在听一则冷笑话。

森迪又说："当得知你有一笔钱时，我就在洗澡时打电话给他，我想快点逃开魔窟，然后和你在一起。他，其实不是我男友。"

我愤怒地嘶吼："谎言！全都是谎言！你为何要出走，害我那么辛苦地找你？"

森迪笑了，眼睛里充盈着泪水："我想知道你到底在不在乎我，假若我丢了，你会不会去找我。"

我伸出双臂，想抱抱她，伸至一半，又缩了回来。

我看着她无辜的眼神，心脏一抽一抽地疼。尽管她满目沧桑，满身疲惫，不像是撒谎，尽管，她曾是我的命，但又能怎样，我不能辜负沈薇薇。

曾经的爱已经被她狠狠打碎，分崩离析。

她回来了，只可惜，我们再也回不去。

爱情本身就是一场阴差阳错的悬疑剧，跌宕起伏，又有章可循。看着森迪瘦弱的身子一点一点走出我的视线，直至淹没在人潮之中，我燃了支烟，狠狠地吸了一口。

晚上，搂着沈薇薇臃肿的腰身，将耳朵贴在她的肚皮上听胎音，我只觉幸福铺天盖地。

后记

时光不遗忘

所有的爱情故事，都不外乎两种：一种是，互相倾慕，此生无他；另一种是，我爱你，你爱他，这便是万分纠结与悲伤。

写了很多的爱情故事，有青涩初恋，有甜蜜相恋，也有让人绝望透顶的爱情。写下这些故事的时候，我会情不自禁地为主人公唏嘘，感叹他们的爱情为什么那么甜蜜，或者为什么那么哀伤，甚至决绝。

生命中出现的每一个人都会渐渐远去。

故事里每一个情节都会渐渐模糊。

忘不了的，是那些人曾经在你的生命里粲然绽放过。

忘不了的，是某一个主人公曾在我的笔下，摇曳生姿。或者，悲伤绝望，让我敲打键盘的手指曾经颤抖不已。

岁月是魔术师，改变了他们的容颜，改变不了的，是那些枝杈清晰的回忆脉络，那些爱与不爱的刀光剑影。

时间不遗忘，那些翩跹远逝的时光。

时间不遗忘，那些鲜活的曾出现在我笔下的男男女女。

岁月会继续雕刻我们的容颜，直到我们老去。

——完——